La collection de poche des éditions Zulma

Le Messie du Darfour

Abdelaziz Baraka Sakin est né en 1963 au Soudan. Cet auteur majeur et adulé dans le monde arabe n'a été que très récemment découvert en Occident. Deux de ses livres ont été traduits en français à ce jour : *Les Jango* (Zulma, 2020), un roman réjouissant et tourbillonnant qui provoqua la censure des autorités soudanaises, et *Le Messie du Darfour* (Zulma, 2016), chef-d'œuvre irrévérencieux qui l'a révélé en France, lauréat du Prix Littérature-Monde, du Livre engagé de la Cène Littéraire, du Livre d'humour de résistance. Abdelaziz Baraka Sakin vit désormais en exil.

« Une fable épique et haute en couleurs. »

La Vie

« Un roman puissant [...] écrit avec une légèreté miraculeuse. »

Le Canard enchaîné

Du même auteur chez Zulma

LES JANGO
Prix de la littérature arabe
Grand Prix de Traduction de la Ville d'Arles
LA PRINCESSE DE ZANZIBAR
LE CORBEAU QUI M'AIMAIT

ABDELAZIZ BARAKA SAKIN

LE MESSIE DU DARFOUR

Roman traduit de l'arabe (Soudan)
par Xavier Luffin

ÉDITIONS ZULMA
Paris • Veules-les-Roses

Titre original :
مسيح دارفور

Couverture : David Pearson.

Si vous désirez en savoir davantage
sur Zulma ou sur *Le Messie du Darfour*
n'hésitez pas à nous écrire
ou à consulter notre site.
www.zulma.fr

Il est plus facile de faire passer un chameau par le chas d'une aiguille que de faire entrer un janjawid au Royaume de Dieu.

Vole

Le détachement militaire chargé de cette mission ne comptait guère plus de soixante-six soldats, accompagnés d'un bataillon d'habiles charpentiers emmenés de force depuis Nyala, Kaas et Zalingei. Ce qui était largement suffisant pour contenir la révolte d'un soi-disant prophète – selon les termes utilisés par les officiers de la région qui en avaient livré une description, et quelques politiciens toujours enclins à trouver le mot juste – dont l'unique force se composait de quinze hommes et une femme, dépourvus d'armes. Celui qu'on appelait le soi-disant prophète aurait ressuscité quarante personnes le vendredi précédent, il aurait aussi donné vie à un joli corbeau, tout ce qu'il y a de plus vrai, à partir d'une simple plume à laquelle il aurait dit : « Vole » – et elle se serait envolée.

Celui qui avait décidé de la manière d'en finir avec cet homme était doté d'une imagination fertile, que tout le monde lui enviait, il était en outre connu pour son sang-froid et son étonnante détermination à tuer. Il avait pour mission de régler cette affaire le plus rapidement possible, surtout depuis que ceux qui épiaient le gouvernement sur Facebook, Twitter et les sites web partisans, comme Al-Rakouba et Sudan for All, étaient au courant. Sans compter que les Nations unies, qui fourrent toujours leur nez partout, que cela les regarde ou pas, envisageaient avec quelques États de nommer un émissaire spécial chargé de suivre de près cette étrange affaire de « prophète du Darfour » – pour reprendre les termes de la presse occidentale – et de rédiger un rapport à ce sujet. De fait, des groupes de gens avaient déclaré avoir totalement foi en lui, avant même de connaître les détails de son message, ils se rassemblaient désormais aux quatre coins du monde, formant une gigantesque caravane en route vers le Darfour. Autant leur couper l'herbe sous le pied et se débarrasser de lui par la même occasion. Cependant, il voulait le tuer d'une manière particulière, dont il pourrait se délecter, il voulait lui choisir une fin qui conviendrait à ses ambitions : puisqu'il prétendait, avec tant d'assurance, être le Messie, puisque tel était son message, qu'il n'était ni l'un de ses apôtres, ni l'un de ses disciples, qu'il n'était ni l'Antéchrist, ni le Mahdi, ni même le légendaire Barambajil, puisqu'il prétendait être le Messie en chair et en os, alors il méritait bien une crucifixion exemplaire, qui pousserait tout autre aspirant prophète – et ils étaient de plus en plus nombreux ces temps-ci – à tourner sept fois la langue dans sa bouche avant de se déclarer publiquement.

Les charpentiers et apprentis charpentiers étaient occupés à fabriquer quinze croix à partir de branches d'acacia récemment coupées, bien vigoureuses et munies de leurs épines, des croix qu'ils essayaient de rendre les plus lourdes possible, en choisissant les arbres les plus solides, aux racines bien irriguées par les eaux des profondeurs. Ils les renforçaient encore avec d'autres branches, et ils y plantaient de gros clous en acier très pointus. On leur rappelait de temps à autre qu'ils seraient crucifiés sur ces mêmes croix si d'aventure elles n'étaient pas d'assez bonne facture, c'est pourquoi les charpentiers et apprentis charpentiers s'activaient, travaillant jour et nuit, il ne leur restait plus que trente heures devant eux. Les soldats eux ne s'en faisaient pas – peut-on vraiment redouter quelqu'un qui n'a pas d'armes, et qui dit qu'il bénira ses meurtriers ? Ils passaient leur temps à jouer aux cartes et à se disputer à propos du nom de l'inventeur de la kalachnikov.

Les soixante-six soldats étaient particulièrement féroces, ils avaient combattu aux quatre coins du Soudan, ils avaient roulé leur bosse dans le sud, à l'ouest et à l'est, ils avaient fait la guerre en bien d'autres lieux de cette chère patrie, et c'était là que résidait leur dangerosité : ils s'étaient spécialisés dans la répression des révoltes de leurs compatriotes, comme une chatte qui mange ses petits mais s'enfuit dès que le chien du voisin aboie. Ces soixante-six soldats étaient équipés d'armes lourdes et légères, la tête et le visage dissimulés sous des châles bariolés comme des cavaliers touaregs. Ç'aurait été une grossière erreur de les croire tous identiques, car ils étaient très différents les uns des autres, qu'il s'agît de leur lieu de naissance, de leurs origines, de leur façon de manier les armes, d'aimer la vie, de comprendre la guerre, ou même de leur foi en la cause pour laquelle ils combattaient, de leurs prisonniers, de leurs amantes et de leurs maîtresses. Certains avaient des enfants, d'autres étaient célibataires, d'autres encore n'avaient personne au monde, mais tous étaient prêts à se sacrifier corps et âme. C'est que ces soixante-six soldats constituaient soixante-six individus, et quiconque se serait approché d'eux s'en serait vite rendu compte, quiconque aurait écouté battre leur cœur, tâté leur pouls, glissé la main dans leurs poches et touché la viscosité de leur misère et de leur dénuement, aurait compris que ces soixante-six soldats étaient prêts à exécuter les ordres sur-le-champ.

Ibrahim Khidir n'était pas le chef des opérations, il n'était pas non plus celui qui déciderait du sort de cet homme, pas plus qu'il n'avait pour mission de le convaincre de revenir dans le droit chemin, il était seulement chargé de comprendre son point de vue, et d'écrire un rapport fidèle, ni plus ni moins, selon un titre et des instructions prédéfinis. « C'est là tout ce qu'on te demande, tu n'as pas à t'interroger sur le fait qu'il soit ou non un prophète. » Il aurait voulu poser cette question, mais il était acquis qu'il ne s'agissait pas d'un prophète, c'était une certitude puisque le dernier des prophètes était Mohammed selon la religion islamique, ou le seigneur Jésus selon la religion chrétienne, tandis que les bouddhistes, les soufis et les autres se raccrochaient à ce précepte : « Chaque esprit doué de raison est un prophète », laissant la porte ouverte à toutes les spéculations. Il n'avait jamais traversé l'esprit de ses supérieurs qu'il pourrait s'agir d'un véritable prophète, ou qu'il pourrait effectivement, comme il le prétendait, être Jésus, fils de l'homme.

Les soixante-six soldats jouaient aux cartes et buvaient une excellente marissa à base de quignons de pain et chauffée par les rayons du soleil, ils étaient issus d'un bataillon venu au Darfour depuis l'est du Soudan, c'est pourquoi on les appelait al-Sharqiyya – « les gens de l'Est » –, dont le seul emblème était leur poignard, à la simple vue duquel vous avez l'impression qu'il s'enfonce dans votre chair, qu'il déchire votre peau, pour déposer un dernier baiser, inéluctable, sur votre cœur.

Mais tous n'étaient pas de la tribu des Beja, et en réalité aucun n'en était au sens propre du terme. Car les cinq d'entre eux qui étaient de vrais Beja n'avaient ni les cheveux crépus ni aucun tatouage sur le visage comme ceux qu'arboraient leurs ancêtres bien avant l'époque du royaume de Koush, ces trois lignes verticales symbolisant le seigneur, en l'occurrence l'éléphant, car c'est l'être le plus grand sur terre comme au ciel. En fait la brigade al-Sharqiyya était composée de recrues venues de tout le Soudan, ancien et moderne, unies par une seule chose : leur courage et leur obéissance, même si pour le moment ils ne faisaient que jouer aux cartes.

Les charpentiers et apprentis charpentiers quant à eux étaient éreintés, et pas du tout satisfaits de leur sort. Les cent ouvriers qu'on venait de leur adjoindre n'allégeaient en rien leur tâche aussi longue que pénible, ils avaient eux-mêmes coupé les arbres qu'ils avaient ensuite débités en planches, avaient disposé les clous durs et effilés en bonne place, les avaient ensuite plantés, avaient préparé à manger et à boire, refusant catégoriquement les substances fermentées illicites comme la marissa, dont ils s'étaient d'ailleurs abstenus jusqu'ici, tout en se demandant pourquoi le chef des opérations s'entêtait à leur faire confectionner ces croix, n'était-il pas plus simple et plus efficace de tuer ce mécréant et sa suite par balle ? Bien sûr c'était pénible, sinistre et terriblement bruyant, mais cela leur aurait épargné la peine de fabriquer ces croix odieuses, lourdes et compliquées. Ils étaient pratiquement analphabètes, ils ne savaient rien de Joseph le charpentier, lors de la prière du vendredi l'imam leur avait dit que la croix que les chrétiens portent au cou symbolise celle où une doublure a été crucifiée, mais qu'il ne s'agit aucunement de Jésus le fils de Marie, car Dieu l'a élevé dans les cieux et a mis à sa place un pauvre bougre que les juifs ont ensuite crucifié en pensant qu'il s'agissait de Jésus. Mais alors, pourquoi ce militaire s'entêtait-il à vouloir le crucifier, alors que le Messie, Jésus le fils de Marie, ne l'avait pas été lui-même ? Et quel était notre péché à nous les charpentiers ?

Les soixante-six soldats ne désiraient en rien faire la guerre, cela ne faisait pas partie de leurs hobbies, ils étaient issus de nobles familles qui sanctifiaient la vie, qui respectaient leurs voisins et leurs amis, qui priaient à la mosquée ou à l'église ou dans tout autre lieu consacré à Dieu, ils savaient bien que le Seigneur, n'aimant pas que l'on ôte une vie humaine, avait rendu cet acte illicite. À leurs yeux, le responsable des péchés et des fautes commis en temps de guerre, c'est celui qui donne les ordres, pas celui qui les exécute. Ils tireraient si on le leur demandait, le véritable responsable du meurtre serait le chef des opérations, ils le savaient très bien, et c'était là le plus grave, leur conscience serait touchée par la mort, par la torpeur, froide comme l'argile mêlée à l'eau croupie. Mais ils rentreraient à la maison après la bataille sans porter sur le dos le poids des innocents à qui ils auraient ôté la vie quelques heures plus tôt, les chefs d'opération à leur tour feraient porter la responsabilité de leurs crimes à leurs supérieurs planqués au quartier général, dégustant un café parfumé dans les jardins d'Ozone, au centre de Khartoum, ou une bière Bavaria sur les rives du Nil, en clamant quant à eux que le véritable criminel était celui qui avait déclenché la guerre, ce politicien élégant qui bordait ses enfants dans leur lit après leur avoir chanté une berceuse, qui offrait à sa femme acariâtre un kilo d'or pur, le politicien prudent qui déclarait derrière son micro : « C'est l'Amérique et Israël – dernièrement, s'était ajouté le gouvernement du Sud-Soudan – qui sont derrière ces guerres », après avoir lapé assez de sang pour assouvir l'ogre.

Les charpentiers et apprentis charpentiers fabriquaient les croix selon un modèle unique qui convenait à tous, femmes et hommes, ils procédaient de façon purement théorique, car ils n'avaient jamais vu auparavant de photos d'individus crucifiés, on leur avait simplement donné les mesures, la longueur des planches et leur épaisseur, leur résistance, le nombre et le type de clous, et on leur avait même demandé de planter les clous une fois les gens sur la croix. « Les charpentiers sont les mieux placés pour planter des clous, n'est-ce pas ? Alors autant que ce soit toi qui les plantes, plutôt que ce soit dans tes mains qu'on les plante. »

L'homme, ses apôtres et ses disciples étaient assis dans un lieu inconnu de tous, y compris des soldats venus pour les tuer, des charpentiers venus confectionner les croix et d'Ibrahim Khidir lui-même. Pour bien comprendre cette ambiguïté, jetons donc un coup d'œil à ce lieu, un ancien village incendié et rayé de la carte deux ans plus tôt, dans une vallée profonde et fertile, entourée au sud et à l'ouest par de longues chaînes de montagnes. Au pied des montagnes situées à l'ouest se trouve une petite source, c'est cette source qui avait poussé les janjawids à venir ici et à décimer les habitants, avant d'y amener des centaines de chameaux pour les faire paître, ainsi que quelques prisonniers. Mais aujourd'hui on n'apercevait plus aucun de ces janjawids ni leurs prisonniers, car l'homme leur avait dit une seule phrase : « Retournez dans votre pays. » Ils avaient alors emporté leurs chameaux, leurs femmes et leurs enfants et s'en étaient retournés au Niger, laissant quelques crottes et poils de chameaux çà et là. L'odeur de la pisse de leurs troupeaux avait continué d'imprégner l'air quelques jours avant de se disperser elle aussi. Ce fut aussi simple que ça. À quelques mètres de la source, il y avait des grottes, petites et grandes, vestiges des casernes de l'antique royaume des Dajo, datant de l'Antiquité, et devenues les témoins de leur vie quotidienne, car ils passaient beaucoup de temps à l'intérieur, personne ne savait exactement ce qu'ils y faisaient, mais ils en sortaient chaque vendredi matin pour se mettre à l'ombre de la rakouba, un auvent installé entre les arbres autour de la source. C'était à cet endroit et à ce moment-là que nos soldats les attendraient, leurs solides croix prêtes à accueillir les corps minces de ces mécréants.

Les charpentiers et apprentis charpentiers étaient fatigués de traiter ce bois rouge et grossier, alors ils s'accompagnaient de chansons conservées dans leur mémoire pleine de sciure, de crissements de scie et de soupirs d'arbres. La plupart d'entre eux considéraient que cette foutue mission leur rapporterait un peu d'argent, assez du moins pour leur permettre quelques dépenses jusque-là inaccessibles, jour après jour, mois après mois, même si pour d'autres cela peut paraître anodin : acheter des chaussures pour leurs enfants, une nouvelle robe pour leur femme dépourvue de tout sinon quelques rêves, voire acquérir une petite maison, ou alors rénover leur vieille hutte, ou simplement se procurer un pantalon neuf pour le fils aîné. « Ils nous donneront beaucoup d'argent ! »

Quelques-uns parmi eux se montraient plus réticents, car ils estimaient que l'argent rapporté par cette mission était illicite, dans leur inconscient ils faisaient un parallèle avec l'interdiction de l'alcool selon les préceptes de l'islam : en consommer est illicite, par conséquent le distiller l'est aussi, par analogie si un objet est illicite sa fabrication l'est aussi. Ils étaient donc en train de se livrer à un acte interdit par le Créateur, assembler ces croix les conduirait certainement en enfer le jour du Jugement dernier. Ils continuaient toutefois de travailler avec application, tandis que toutes ces idées leur passaient par la tête.

Les soixante-six soldats, les charpentiers et apprentis charpentiers ne se souciaient guère de savoir si cet individu était un prophète ou quoi que ce soit d'autre, ni des intentions du gouvernement à son égard. « Il ne nous a jamais rien fait, contrairement à ce que prétend le gouvernement, nous n'avons rien à voir avec lui. » Mais ils ne se posaient pas tant de questions, elles ne leur venaient pas à l'esprit.

Il avait déclaré à ses disciples :

— Le geôlier est un prisonnier de sa propre volonté, la croix est à nous et à ceux qui l'ont assemblée.

Ou encore :

— Celui qui ne sait pas formuler ses questions ne sera jamais libre.

Il parlait des questions qui les rendraient libres comme les oiseaux, mais jamais des réponses, car celles-ci sont toujours différentes, comme chacun sait. Le vendredi précédent, ils étaient sortis de leurs terriers et s'étaient approchés de ce qui était autrefois le centre du village, l'homme s'était arrêté devant un petit monticule de terre surplombé de quelques pierres, puis il s'était adressé à ses amis dans l'un des anciens idiomes du Darfour, que les Arabes et les Darfouriens connaissent bien :

— Qui parmi vous est capable de voir ce qu'il y a sous ce monticule de terre ?

Maryam, la belle femme qui fut appelée plus tard Marie la Bien-Aimée – celle-là même que Charon, le chef militaire des rebelles, avait surnommée Marie-Madeleine avant qu'elle ne l'abandonnât pour rejoindre les disciples de cet homme – prit la parole :

— Moi, je ne vois rien du tout.

Les autres affirmant qu'eux non plus ne voyaient rien, il leur dit qu'ils pourraient voir s'ils le voulaient, ce à quoi ils répondirent qu'ils le voulaient mais que pourtant ils ne voyaient rien, alors il leur parla de ces choses dont il les entretenait souvent, de la mort, de la vie, de l'être humain, de ses capacités infinies. Une légère brise se leva soudain, emportant avec elle une plume d'oiseau, il s'en empara, elle était grise tirant vers le noir, on aurait dit une plume de corbeau ou de petit simbir. Il déclara :

— La plume, c'est l'oiseau lui-même.

Tandis qu'ils le regardaient avec étonnement, il se mit à dessiner un corbeau sur le sol, puis il posa la plume à l'endroit approprié, et effectivement d'autres plumes se mirent à pousser à côté de la première, constituant ainsi tout le plumage du volatile, puis vinrent le bec, les pattes, les serres, jusqu'à ce que le corbeau apparaisse en entier. Il leur demanda en souriant :

— L'un d'entre vous est-il capable de faire voler ce corbeau ?

L'un des nomades présents, un dénommé Hamid, prit la parole :

— Je pense qu'aucun de nous n'en est capable.

Alors il dit au corbeau : « Vole. » Et l'oiseau s'envola, il virevolta au loin, se retourna dans les airs, faisant voir à tous son plumage noir, il croassa en déchirant le ciel pur en direction de l'est, vers l'inconnu, jusqu'à ce qu'il disparût de leur vue. Il reprit la parole :

— Si l'un d'entre vous avait donné le même ordre au corbeau, il aurait obéi. Tout ce qui lui manquait était le mot « vole ».

Il continua :

— Si la plume connaissait ce mot, elle l'aurait dit elle-même, elle aurait rassemblé ses membres, elle aurait convoqué son sang et son croassement, son âme aussi, et elle se serait envolée, jamais elle ne nous aurait attendus.

La plupart d'entre eux pensèrent qu'il voulait dire par là que le Verbe avait la même valeur pour les êtres vivants que pour les objets inanimés. Il leur dit encore :

— Préparez-vous pour la procession.

Ils ne savaient pas encore alors ce qu'était la procession, cependant ils se préparèrent. Il reprit :

— La procession, la procession !

Les charpentiers et apprentis charpentiers étaient occupés à fabriquer les lourdes croix, tandis que les soixante-six soldats jouaient aux cartes et que l'homme enseignait le Verbe à ceux qui avaient foi en lui aussi bien qu'aux mécréants tout en les préparant pour la procession. Un jour, il leur avait déclaré :

— Mes très chers, l'impiété n'est qu'un degré extrêmement complexe de la foi.

Les trafiquants d'esclaves

Vraisemblablement, leurs destins étaient liés de manière indéfectible, et non par le simple fruit du hasard, car même si leur première rencontre avait été dictée par le destin, de nombreuses mains impures – voire sataniques, selon certains – avaient œuvré pour qu'elle se muât en une histoire aussi douloureuse que durable.

En novembre 2002, vers quatre heures du matin, au checkpoint de Soba situé aux abords de Khartoum, un bus s'arrêta derrière une longue file de véhicules qui l'avaient précédé. Le chauffeur, escorté de son accompagnateur, descendit et disparut quelques instants avant de revenir avec un homme qui tenait dans une main une liste de passagers et dans l'autre un Bic bleu. Il était vêtu d'une veste safari grise, ses yeux étaient petits et sévères, comme ceux d'un aigle. D'un seul regard, il examina chacun des passagers, puis consulta la liste des noms et y inscrivit quelques notes, avant de faire signe à certains d'entre eux de descendre du véhicule et de le suivre, le tout sans prononcer le moindre mot. Cinq garçons, qui avaient plus ou moins le même âge, emboîtèrent le pas à l'homme à la veste safari grise, en silence, tout en le guettant avec anxiété. L'homme entra sous une tente opaque, du côté est de la grande route, derrière la tente était stationné un camion surmonté d'une armature métallique bâchée avec d'étroites fenêtres d'aération, le véhicule était laid, et ne présageait rien de bon. En grimpant à l'arrière les hommes eurent l'impression qu'ils pénétraient dans une tombe de métal reposant sur l'asphalte.

Il est assez difficile de suivre les premiers tourbillons dans lesquels tous deux se retrouvèrent pris, tant ils furent rapides et d'une incroyable violence. Ils passèrent par plusieurs bureaux gouvernementaux aux murs défraîchis, où régnait une odeur de papier et de haschich mêlée aux relents de chaussettes sales, ils rencontrèrent des militaires et des civils, présentant tous les mêmes traits, la même apparence, qui leur posèrent sans fin les mêmes questions, qui les menaçaient de la même manière, qu'il s'agît de militaires ou – et c'étaient les plus dangereux – de militaires en civil. Ibrahim Khidir était le plus jeune, il était aussi un peu bedonnant. Il parlait de façon saccadée, une habitude héritée de père en fils dans sa famille. Il demanda qu'on le laisse partir car il devait accompagner sa sœur, qui entrait à l'université – c'était la première fois qu'elle allait à Khartoum –, il devait la conduire au ministère de l'Intérieur pour qu'elle termine les procédures d'inscription, ensuite il reviendrait se présenter. Ce culot fit rire, on lui répondit : « Tu la trouveras chez le gardien. »

L'un des militaires en civil, un homme aux lèvres humides et tremblantes, lui assura que le gouvernement lui trouverait quelqu'un pour lui faciliter toutes les démarches, quant à lui il devait accomplir son service militaire obligatoire et se rendre au camp, sans se soucier du reste.

Un autre homme, dont nous apprendrons aussi les

aventures par la suite, était présent ce jour-là, il s'appelait Shikiri Toto Kuwa. Il avait gardé le silence tout au long de l'interrogatoire, au contraire des autres recrues il ne versa pas non plus la moindre larme lorsque l'avion militaire – un vieil Iliouchine russe – décolla vers un endroit inconnu, même s'ils savaient tous qu'ils se dirigeaient forcément vers le front, quelque part dans le sud ou à l'ouest du pays. C'était la suite logique de leur entraînement de quarante jours au maniement des armes légères. Ils savaient qu'ils ne reverraient plus jamais Khartoum, à moins qu'un lieu du même nom existe en enfer.

Aux yeux d'Ibrahim Khidir, il n'y avait aucun mal à apprécier une ville comme Nyala et à aimer le professeur Mahmoud Mohammed Taha[1], il n'y avait aucun rapport entre les deux, si ce n'est l'intérêt qu'on pouvait leur porter. Shikiri Toto Kuwa était un homme simple, ce qui ne lui enlève rien. Il n'avait jamais entendu parler du professeur Mahmoud Mohammed Taha avant de rencontrer Ibrahim Khidir, qui le considérait comme son maître à penser. Mais son père lui avait beaucoup parlé de la ville de Nyala, il y avait une demi-sœur dont il avait été séparé avant la naissance de Shikiri, même avant qu'il n'épousât sa mère, Kajila, et qui habitait dans le quartier d'al-Wadi. Shikiri s'était facilement souvenu de son nom, car il était étrange, il l'imaginait dans les hautes herbes, au milieu des vaches et des moutons qu'elle faisait paître, sous une pluie battante. Elle s'appelait Kharifiyya Tor Jamous – Printemps-Fille-du-Buffle –, il la chercherait une fois en ville, si du moins on l'autori-

1. Célèbre intellectuel soudanais, exécuté pour ses interprétations jugées trop libérales de l'islam.

sait à sortir du camp militaire. Elle devait être âgée à présent, comme son père.

Tous deux faisaient remonter leur rencontre à ce jour que le destin avait choisi pour eux. Lorsqu'ils furent affectés à une unité de renseignement de leur bataillon et qu'ils s'aperçurent l'un l'autre, ils se remémorèrent parfaitement cette journée, celle où on les avait capturés comme des proies aux abords de Khartoum, peut-être s'étaient-ils à nouveau croisés dans le camp d'entraînement situé dans le désert aride au nord d'al-Jayli, mais ils étaient alors parmi 2 322 soldats, et les nouvelles recrues étaient occupées soit à réfléchir à un moyen de s'évader du camp – car la seule voie de salut était la fuite, malgré une surveillance accrue, sinon c'était le front et la mort assurée en se battant contre d'autres Soudanais rebellés contre le gouvernement, dans l'une ou l'autre forêt ou dans un quelconque désert du pays –, soit à tenter d'appeler un proche susceptible d'intervenir pour les aider à quitter cet endroit. Le temps passait vite dans le camp, après ce serait le front, personne ne faisait confiance à son voisin, car on disait que des indics au service des autorités avaient infiltré leurs rangs, on ne les reconnaissait qu'au moment de partir au combat, au fait qu'ils se repliaient. Ils ne participaient aux combats que s'ils devaient liquider les membres supposés d'une cinquième colonne, or toute recrue pouvait un jour se retrouver soupçonnée d'y appartenir, en raison de sa façon de s'habiller, d'un mot qui lui aurait échappé, ou encore tout simplement de la couleur de sa peau. C'est pourquoi les rapports entre Shikiri Toto Kuwa et Ibrahim Khidir avaient d'abord été tendus, comme avec tous les autres. On peut même dire que dans les premiers jours de leur affectation à cette unité de renseignement, les deux hommes se méfiaient fort l'un de l'autre, au point d'en venir pratiquement aux mains, n'eût été leur sang-froid, mais ils finirent par trouver des affinités profondes qui les lièrent à jamais.

Passer la nuit dans le désert, loin de chez soi, ne ressemble à rien tant qu'au néant. Pour un soldat, le désert est synonyme de mort, car un soldat n'est pas un révolutionnaire qui se bat pour une cause nationale contre un ennemi étranger ou de l'intérieur, une cause à laquelle il croit, non ici il s'agit du simple soldat obligé d'aller se battre, dont le sang sert à régler les comptes et les ambitions des politiciens, même s'il doit combattre les membres de sa propre tribu ou de sa famille, les gens de son village, comme cet homme qui avait passé trente années à se battre sans jamais savoir qui il était en train de tuer ni même qui allait finir par le tuer à son tour. Ibrahim Khidir se moquait sans cesse de ces soldats qu'on appelait martyrs, de ces héros qui avaient voué leur vie à combattre leurs frères de sang.

Passer la nuit dans le désert est un désert en soi, qui s'insinue dans l'être comme le serpent des légendes, les deux hommes rampaient sur le sable froid, près du camp des rebelles appelé camp T50. Ils étaient censés observer la route qui traverse le désert et qui passe à trois cents miles au nord de la ville d'al-Fasher, afin de calculer le temps nécessaire à la parcourir, une opération de routine qu'effectuaient normalement de simples soldats, rendue sans danger grâce aux nouvelles lunettes de visée chinoises qui permettent à l'observateur de ne pas s'approcher de sa cible, il suffit de se tenir à l'endroit approprié, au moment approprié, en se cachant à une distance raisonnable. Le problème était que le chef avait demandé à Shikiri Toto Kuwa d'observer le comportement d'Ibrahim Khidir pour ensuite dresser un rapport à son sujet, car ses supérieurs avaient de sérieux doutes quant à sa loyauté, comme ils le lui avaient confié en toute franchise.

Shikiri Toto Kuwa ne savait pas si l'officier était sérieux ou s'il s'agissait d'un lapsus lorsqu'il lui ordonna sur un ton sec et déconcertant : « Observe les faits et gestes de ce nègre. »

Shikiri Toto Kuwa pensa d'abord que le terme s'appliquait à lui-même, car il lui semblait totalement invraisemblable qu'il parlât d'Ibrahim Khidir, personne n'aurait qualifié Ibrahim ainsi, car il avait la peau claire et éclatante, les cheveux lisses, tout dans son apparence le rattachait à la communauté pouvant qualifier les autres de nègres et non l'inverse. Pensant que l'officier parlait de lui, Shikiri se prépara donc à une violente altercation, mais l'homme poursuivit en lui expliquant que les antécédents de chacun étaient connus en détail, bien au-delà de la simple apparence, il lui apprit que la famille d'Ibrahim avait eu un maître jusqu'à très récemment, que sa grand-mère avait eu un maître, et que sans l'intervention des Britanniques toute sa famille serait encore en servage, que le grand-père d'Ibrahim était le fils du maître, pas forcément un fils illégitime, car le maître en question estimait que sa mère lui appartenait conformément aux préceptes de la charia, tous les juristes étant d'accord sur ce point. Cependant, et à cause de ce passé, Ibrahim avait adopté des idées néfastes, comme le communisme ou encore le républicanisme – entre autres.

Toutes ces informations donnaient le tournis à Shikiri Toto Kuwa tandis qu'il rampait sur le sable froid aux côtés d'Ibrahim, peut-être même qu'il se laissa aller à divaguer à propos de la relation entre la grand-mère d'Ibrahim et son maître – avait-elle un autre époux ? En avait-elle seulement le droit ? Et dans ce cas, quelle relation cet homme entretenait-il avec le maître ? Et puis, comment ces marchands d'esclaves avaient-ils capturé leurs ancêtres, pourquoi ces derniers n'avaient-ils pas fui, avaient-ils au moins résisté ? Qui étaient les marchands d'esclaves, étaient-ils soudanais ? Il s'imagina alors esclave de l'un de ces maîtres qui aurait eu des relations sexuelles avec sa mère.

Ibrahim était occupé à lire les instructions de l'appareil de visée, cette mission lui semblait une perte de temps, rien de plus, qui n'apporterait certainement aucune information utile à propos du camp des Tora Bora, en son for intérieur il espérait même que les Tora Bora gagneraient assez de terrain pour vaincre l'armée et les écraser tous, et lui avec. En fait, il ne faisait absolument pas confiance à Shikiri Toto Kuwa, d'abord parce que ce dernier parlait peu et qu'il ne savait pratiquement rien à son sujet, alors que lui-même s'était beaucoup confié à propos de sa famille, de ses proches, de ses préoccupations quotidiennes et même de sa petite amie, il lui avait aussi raconté comment il était devenu un défenseur de la république, un jour qu'il était allé à la prison de Koubar pour se moquer des républicains et les insulter – c'était le jour de l'exécution du professeur Mahmoud Mohammed Taha, le 18 janvier 1985, à dix heures du matin. Il était au milieu d'un tas de vagabonds et de membres du Front national islamique. Il lui avait expliqué avec sincérité qu'au moment précis où le professeur était monté sur l'estrade de la potence, il avait réalisé qu'il défendait une vraie cause, d'un simple coup d'œil, alors que tous les autres détournaient le regard pour ne pas croiser le sien. « Nous n'étions que des criminels. Ce n'est pas seulement Nimeiri et les juges qui l'ont tué, mais nous tous qui n'avons pas levé le petit doigt pour les en empêcher. Nous sommes encore plus qu'eux responsables de sa mort. Il était beau, courageux, c'était un prophète, un saint, un homme incomparable, qui gardait la tête haute face au pouvoir absolu. J'ai compris alors qu'il était capable de changer cet échafaud en un trône, qui ferait à jamais de lui un roi légendaire, s'il le voulait. Mais il a préféré rester là, tandis que les bourreaux accomplissaient leur devoir historique, exactement comme lorsque le Messie s'est offert aux mains de quelques voyous assoiffés de sang pur. » Ibrahim lui racontait tous les jours ce qui lui passait par la tête, tandis que Shikiri se contentait de sourire et de répondre brièvement, sans jamais rien dire qui le concernât.

Mais aujourd'hui, Shikiri avait vraiment envie de parler, il avait quelque chose d'important à dire à Ibrahim, il voulait lui parler de leur chef, de son rapport et des soupçons de leurs supérieurs, sans lui cacher ce qu'ils pensaient de son statut d'esclave, un statut hérité de père en fils, qu'il était le fruit d'une union entre un maître et son esclave, mais au lieu de cela il lui confia son désir de déserter au plus vite, ce qui étonna Ibrahim qui ne s'y attendait pas du tout de la part de Shikiri, qu'il imaginait être un partisan du pouvoir. Shikiri lui confia alors que depuis son enrôlement il ne pensait qu'à une chose : se venger ou déserter.

Comme l'aurait fait toute personne sensée en pareille situation, Ibrahim Khidir, qui se méfiait de Shikiri, imagina que ce dernier tentait de le sonder, alors il se contenta de sourire comme le faisait Shikiri lorsque lui-même racontait ses joies et ses peines. Rendu suspicieux à son tour, Shikiri Toto Kuwa décida de garder le silence à propos de ce qu'avaient dit les officiers, mais il s'embourba encore plus en déclarant : « Mieux vaut être du côté des rebelles. »

Ils rampaient dans les dunes, le sable était froid, le corps gelé, ils avançaient dans le désert, même leurs idées étaient glacées. Mais en leur for intérieur, les deux hommes savaient qu'ils partageaient la même langue, même s'ils ne pouvaient l'exprimer clairement. Ils devinrent réellement proches lorsque Shikiri finit par confier à Ibrahim que leur chef l'avait chargé de le surveiller et de rédiger un rapport détaillé à son propos. Ce qui signifiait au passage qu'Ibrahim serait bientôt qualifié de « martyr », terme qu'il tenait en horreur et dont il se moquait éperdument.

La fièvre au corps

Tante Kharifiyya était une femme grassouillette. Son terrain n'abritait aucun arbre et sa maison se composait de deux pièces aux murs d'argile rouge bordés d'une large véranda, avec à l'extérieur une jolie hutte autrefois destinée à accueillir les invités, devenue la chambre de sa fille. La maison était entourée de gigantesques manguiers, elle se situait près de la grande vallée de Barli. Bien que cette vallée fût le seul endroit romantique de Nyala, tante Kharifiyya n'avait pas d'enfant qui eût été le fruit d'une histoire d'amour ou même d'une simple aventure. Elle avait une fille unique, une sans-abri qu'elle avait recueillie, à laquelle elle s'était habituée, qu'elle avait fini par adopter, et qui était devenue sa propre fille, la seule à Nyala et sans doute même dans tout le Soudan à s'appeler Abderahman. C'était du moins le seul nom par lequel on la connaissait depuis qu'on l'avait sauvée d'un massacre. Lorsque des humanitaires l'avaient retrouvée vivante entre deux cadavres et lui avaient demandé son nom, elle avait répondu : Abderahman. Abderahman fut la première à accueillir Shikiri, elle le conduisit jusqu'à la rakouba et lui demanda d'y attendre le retour de tante Kharifiyya, qui était partie au marché du vendredi. Elle lui servit de l'eau et un déjeuner, lui donna une paire de sandales légères et lui demanda d'ôter ses bottes, puis elle se mit à lui parler de tante Kharifiyya, avant de lui confier qu'elle désirait devenir militaire elle aussi. Il estima qu'elle devait avoir vingt ans, soit dix-sept ans de moins que lui, elle était jolie et très mince, d'une grande féminité, malgré les traces d'anciens ulcères sur ses jambes que découvrait sa robe courte, ainsi qu'une profonde cicatrice à la joue gauche – une blessure devenue chez elle un terrible signe de beauté. Comme il fixait sa cicatrice, elle lui raconta qu'elle était tombée de cheval, car sa famille possédait de nombreux coursiers au village et elle-même montait depuis son plus jeune âge, c'était son animal préféré. Elle lui parla aussi de ceux de son voisin, le propriétaire du verger de manguiers, juste à côté de la maison. L'homme vivait seul depuis que ses fils avaient été tués à la guerre, il la laissait monter à cheval jusqu'au Wadi Barli, elle lui dit aussi qu'elle l'emmènerait faire une promenade à cheval s'il restait assez longtemps à la maison : Tu les entends hennir ?

Shikiri Toto Kuwa devina vite à quelle tribu elle appartenait, mais surtout – et cela pour la première fois de sa vie – il comprit qu'il désirait lui faire l'amour à l'instant même, avant le retour de tante Kharifiyya, à cause de l'abstinence endurée toute cette année passée loin des femmes, sur les champs de bataille, ou bien du violent désir provoqué par sa féminité, ou pour toute autre raison qu'il ignorait, toujours est-il que son appétit sexuel était à vif et qu'il sentait la semence s'accumuler au bout de son machin, provoquant un sentiment de chaleur aussi agréable que pressant, mais tout de même un peu embarrassant. Elle s'excusa de ne pas avoir de djellaba à lui présenter, car il n'y avait pas d'homme à la maison, le dernier époux de tante Kharifiyya, qui l'avait répudiée vingt ans plus tôt, n'ayant plus aucune raison de lui rendre visite – de toute façon tante Kharifiyya ne laissait pas d'homme pénétrer chez elle. Elle pensait qu'aucun homme ne pourrait plus l'approcher à son âge, sinon pour deux raisons : parce qu'il désirait sa fille Abderahman, ou qu'il voulait mettre la main sur ses biens – et elle en avait des biens, en quantité même, selon les dires d'Abderahman.

Il enleva donc ses bottes et les laissa à l'extérieur, il s'en dégageait une odeur insupportable, à laquelle il avait fini par s'habituer. Abderahman s'absenta quelques instants avant de revenir lui parler de tante Kharifiyya, elle trouvait que tout ce qu'elle faisait était étrange, depuis sa façon de s'exprimer jusqu'à sa manière de boire le café. Elle lui proposa de s'étendre un peu et de se reposer, servir à l'armée devait être tellement fatigant, et en effet il était exténué, toutefois le désir était plus fort que la fatigue. Elle s'absenta encore une ou deux fois et revint lui dire que son bain était prêt, s'il désirait se laver. La salle de bains était une petite hutte en paille et en canne, avec une sorte de porte métallique, à l'ombre des branches d'un énorme manguier près de la maison. Il pensa que tante Kharifiyya et sa fille Abderahman n'aimaient guère les mangues, ou que du moins elles en avaient tellement mangées qu'elles en étaient dégoûtées, car les branches qui donnaient sur la salle de bains croûlaient sous les mangues mûres et appétissantes, que personne ne cueillait pourtant. Il apprit par la suite que si elles n'en mangeaient pas, c'était qu'elles ne leur appartenaient pas. Il s'assit sur une chaise en métal garnie de bandes de plastique, et se prépara à se laver. Il y avait un grand seau plein d'eau, si claire qu'il pouvait apercevoir au fond le dessin représentant le lion du roi Tombol. Il se débarrassa rapidement de ses vêtements et au lieu de se verser l'eau sur la tête il saisit le savon qu'il frotta sur son membre gonflé, il le massa délicatement, puis il l'empoigna, de haut en bas et de bas en haut, revoyant en esprit la profonde cicatrice sur le visage d'Abderahman, lorsqu'il entendit soudain cette dernière lui demander de ne pas aller plus loin, ajoutant qu'il devait simplement se laver. Elle se tenait derrière la porte entrouverte, la tête passée à l'intérieur de la hutte, les yeux fixés sur son machin, tandis qu'audehors les chevaux hennissaient, musique qu'elle entendait chaque fois qu'elle se douchait.

Tante Kharifiyya travaillait au marché des femmes, elle y vendait des épices et des boules de pâte à côté de la boucherie, elle en partait au moment de l'appel à la prière du vendredi, qui marquait la fermeture obligatoire du marché – elle ne voulait pas recevoir quarante coups de fouet, pas plus qu'elle n'avait envie de prier, ni à ce moment-là, ni à un autre d'ailleurs. C'est pourquoi elle revenait à la maison avec ce qu'elle n'avait pas pu vendre, après avoir acheté de quoi préparer le déjeuner et le dîner, quelques sucreries et du chewing-gum pour Abderahman. Cela faisait cinq ans qu'elle lui rapportait ces douceurs. Abderahman avait seize ans quand elle l'avait ramenée du marché de Nyala, où elle errait après s'être échappée du camp de déplacés. Elle travaillait pour les vendeuses de thé, lavant les tasses et servant le thé aux clients, tante Kharifiyya lui avait proposé de l'aider à préparer les boules de pâte et à écosser les cacahuètes, puis de lui tenir compagnie à la maison. Abderahman devait à Kharifiyya tout ce qu'elle avait connu de beau dans sa vie.

Lorsqu'il entendit l'appel à la prière, il voulut se lever, mais elle le retint doucement près d'elle, comme évanouie, son corps nu collé contre le sien, il lui rappela que tante Kharifiyya devait être en train de quitter le marché, d'après ce qu'elle-même lui avait dit, et qu'elle allait les trouver dans une situation plutôt embarrassante, il ne voulait pas que pour leur première rencontre, sa tante le surprenne en train de faire l'amour de façon illicite avec celle qu'elle considérait comme sa propre fille, violant ainsi l'intimité de sa maison. Mais c'était comme si elle ne l'entendait pas, elle se plaqua contre lui et l'embrassa vigoureusement tout en glissant les doigts entre ses cuisses. Ils reprirent leurs ébats de façon effrénée, pour la troisième fois consécutive, s'abandonnant complètement. Les femmes avaient beaucoup manqué à Shikiri, il éprouvait un désir vif et sans limites. Quant à elle, c'était la première fois qu'elle faisait l'amour de son plein gré. Lorsqu'ils entendirent la porte de la maison s'ouvrir, il se releva, effrayé. Mais d'un signe de la main, elle lui demanda de rester où il était, comme il était. Elle se rhabilla soigneusement, rajusta ses tresses, essuya ses seins au revers de sa robe, puis son visage avec la paume de la main, et elle alla accueillir tante Kharifiyya. Celle-ci l'interrogea avec insistance à propos de Shikiri Toto Kuwa, se demandant pourquoi elle ne voyait pas son neveu. Elle répondit qu'il était arrivé exténué et qu'il se reposait. Shikiri entendit toute la conversation mais il ne s'attendait pas du tout à voir tante Kharifiyya se ruer dans la hutte alors qu'il était encore en sous-vêtements. Elle l'embrassa, pleurant et riant à la fois. Le père de Shikiri et elle avaient été séparés quarante ans plus tôt, et elle retrouvait en lui le même visage, la même odeur, à laquelle cependant se mêlaient des effluves de transpiration, qu'elle connaissait bien, et d'un fameux liquide. Interloquée, les yeux rivés sur le soutien-gorge d'Abderahman étalé sur le lit, elle s'écria :

— Fils de chien ! Tu as fait l'amour à Abderahman ?

Il répondit sans hésiter, tout en essayant de cacher sa nudité :

— Oui, mère, nous l'avons fait.

Elle se tourna alors vers Abderahman, qui se tenait derrière elle et observait la scène avec un sourire rassurant aux lèvres – rehaussant la belle cicatrice à sa joue gauche –, manifestement au comble du bonheur :

— Pourquoi ne m'as-tu pas attendue ? Pourquoi ne m'as-tu pas dit que tu t'unirais à lui, lorsque tu es venue au marché m'annoncer que le fils de mon frère Toto était arrivé ?

Abderahman sourit timidement, puis elle serra tante Kharifiyya dans ses bras, pleine d'émotion, et lui embrassa le visage, avant de se mettre à pleurer. Shikiri se rhabilla alors à la hâte et retourna dans la salle de bains, laissant Abderahman et sa tante encore enlacées.

La chasse au djinn

Abderahman avait tout oublié, y compris les deux cadavres sous lesquels elle avait été ensevelie, elle avait oublié la guerre, le vrombissement des avions, le massacre où avaient péri sa mère, son père et ses trois frères : Haroun, Ishaq et Moussa, ainsi que sa sœur Maryam qui vivait désormais dans un camp de réfugiés au Tchad. Maryam avait échappé au massacre car elle était partie avec d'autres filles à la corvée de bois, Abderahman n'était pas sûre de l'endroit où elle se trouvait maintenant, tout n'était que suppositions, mais si tant est qu'elle soit encore en vie elle était le seul membre de la famille qui lui restait. Elle avait oublié le premier viol qu'elle avait subi, le jour de la bataille, ainsi que le deuxième, le troisième, et le quatrième au camp de Kilma, ou alors elle feignait de l'avoir oublié, toujours est-il qu'Abderahman paraissait déterminée à refermer ce chapitre de sa vie à tout jamais. On aurait pu se demander pourquoi elle n'avait pas oublié aussi son nom, mais elle aurait sûrement d'autres occasions. Tante Kharifiyya avait conseillé à son neveu de ne pas remuer le passé, ni de parler de la guerre et de ce qu'Abderahman avait subi. On en avait assez de la guerre, il fallait commencer un nouveau chapitre.

Ibrahim Khidir ne vit aucune objection au mariage de son ami Shikiri, il l'encouragea même dans cette voie, il ne fut pas non plus surpris de ce qu'avait fait la tante ce vendredi-là : elle avait emmené Shikiri et Abderahman à la mosquée – et pour une fois elle fut bien obligée d'accomplir la prière dans la partie réservée aux femmes. Après la prière, le notaire scella l'union de son neveu et de sa fille, même s'il s'était d'abord opposé, ainsi que les hommes présents, à ce que la mariée portât le nom d'Abderahman, ce qui donnait l'impression que le contrat de mariage officialisait une union homosexuelle, strictement interdite par la loi et par la charia. Mais Abderahman insista pour conserver son nom, au risque de rendre le mariage caduc, refusant de porter celui de Maryam comme l'avait proposé le notaire. Finalement, l'affaire fut résolue grâce à l'astuce de l'un d'eux, soucieux de conclure ce mariage entre une déplacée et un soldat étranger, c'est-à-dire deux cas sociaux dont personne n'attendait rien. Il proposa que l'on écrivît dans le contrat le mot « Madame » suivi du nom terminé par un a, soit Madame Abderahmana, un nom assez courant dans de nombreux villages du Darfour. L'idée satisfit le notaire, et Abderahman ne s'y opposa point. À peine rentrés à la maison, Shikiri dut constater que son épouse, Abderahman, n'était pas une femme comme les autres, non pas parce qu'elle était plus directe et plus sensuelle qu'il ne s'y attendait, mais parce qu'elle lui fit une étrange requête alors qu'ils étaient mariés depuis une heure à peine : elle lui demanda de la venger, ou de l'aider à se venger, et rien d'autre.

Elle lui expliqua alors qu'elle avait attendu d'avoir un homme, un soldat courageux, qui la vengerait en tuant au moins dix janjawids, tandis qu'elle mangerait le foie cru de chacun d'entre eux. Il ne parvint pas à cacher la surprise et l'effroi que lui causa cette requête, il dut même pousser un cri, car s'il avait effectivement mené de nombreux combats à Tora Bora, jamais il n'avait tué ne fût-ce qu'une poule, il vidait toujours ses cartouches contre des cibles imaginaires, et à la première occasion il battait en retraite. Et puis, sa femme Abderahman savait-elle qu'il se battait aux côtés des janjawids ? Elle répondit qu'elle savait tout de la guerre, absolument tout, et répéta que ceux qui avaient tué ses parents et violé ses sœurs jusqu'à ce que mort s'ensuive n'étaient pas des soldats de l'armée régulière mais bien des janjawids, elle savait faire la différence. Oui, les soldats auraient pu les protéger, mais ils ne l'avaient pas fait, même ceux de sa propre tribu qui voyaient les janjawids massacrer sous leurs yeux leurs familles et leurs proches, c'était pour eux une torture sans fin. Elle savait qu'après des dizaines d'hommes avaient rejoint Tora Bora, tous les habitants du Darfour connaissaient des histoires comme celle de ces pilotes qui avaient refusé de bombarder leurs propres frères de sang, elle voulait la peau de janjawids et de personne d'autre. Il lui dit qu'il était incapable de tuer qui que ce soit, janjawid ou rebelle de Tora Bora, il ne savait pas comment l'aider, d'ailleurs il ne l'encourageait pas à agir de la sorte, il n'était pas un militaire professionnel mais un individu enrôlé de force pour son service militaire, que l'on avait conduit au champ de bataille comme on conduit une bête à l'abattoir. Elle répondit qu'il pouvait lui apprendre à tirer, lui donner de quoi se payer un fusil G-3, sans rien dire à tante Kharifiyya, c'était là tout ce qu'elle demandait, car elle avait promis à sa tante de ne plus jamais reparler de la guerre.

Ibrahim Khidir était d'avis que Shikiri ferait mieux de prendre ses distances avec Kharifiyya et sa fille s'il ne voulait pas se retrouver dans un sérieux pétrin. Mais apparemment Shikiri était réellement tombé amoureux d'Abderahman, le pire étant qu'il ne pourrait jamais l'abandonner, tandis qu'elle ne reviendrait jamais sur sa requête. Pour autant elle n'exerçait aucune pression sur lui, au contraire elle ne faisait qu'user de ses charmes et de sa beauté.

Il se mit donc à lui enseigner chaque vendredi l'usage des armes, leur assemblage et leur maniement, il arrivait du camp dans la nuit du jeudi et repartait le samedi à l'aube. Elle apprenait vite, avec une incroyable facilité, et le quatrième vendredi elle le surprit en lui montrant un G-3, il faillit même s'évanouir sous l'effet de la peur et de la surprise mêlées. Elle prétendit qu'elle l'avait volé à un janjawid ivre, qu'elle avait trouvé endormi dans une vallée proche de l'aéroport, tandis qu'elle se promenait à la recherche de bois de chauffe dans la petite forêt à l'ouest du camp de Kilma. Il savait qu'elle mentait, car elle n'aurait pu ni sortir en pleine nuit ni voler l'arme d'un janjawid en plein jour, et de toute façon elle n'allait jamais chercher de bois – elle n'en avait pas besoin, puisque tante Kharifiyya avait fait l'acquisition d'un réchaud à gaz tout neuf. Il savait aussi que les femmes ne se risquaient jamais par là, de peur d'être violées par les janjawids, très nombreux dans cette zone. Ni surtout sans être accompagnées par des hommes des Forces de l'Union africaine, il lui dit tout cela mais elle répondit sur un ton inflexible :

— Je l'ai volée à un janjawid ivre, libre à toi de me croire ou pas.

Il sentait la catastrophe imminente, Abderahman paraissait aussi sombre que téméraire, comme une bête sauvage assoiffée de sang, un taureau affolé qui ne voit plus que des ennemis et des pièges de toutes parts. Mais elle manquait d'expérience et de méthode, il sentait qu'elle se renfermait de plus en plus, perdait la raison à un rythme effrayant, cependant il ne lui en voulait pas, elle était gentille avec lui, elle se faisait toujours belle, portait le parfum qu'il aimait, se donnait pleinement à lui au lit. Il avait terriblement besoin de cette relation physique, mais il tenait aussi à sauver sa peau. Dès qu'il vit le fusil, il comprit qu'il venait de l'armée soudanaise, et qu'on en avait pris grand soin. Son étui était décoré de perles multicolores, comme s'il avait été confectionné par une femme, il ne portait pas d'immatriculation militaire, mais son odeur trahissait le fait que son propriétaire était un janjawid, car ces gens ont une odeur reconnaissable, mélange de poil de bête – cheval ou chameau – et de sueur humaine. C'était un modèle récent, de fabrication chinoise, qui avait déjà beaucoup servi, son canon, luisant à l'intérieur, sentait encore la poudre. Le canon était entouré d'un vieux chiffon, un morceau de djellaba sans doute, taché d'huile. Elle n'avait pas encore prévu l'usage qu'elle ferait de cette arme.

Nyala était une belle ville, assez étendue, les humanitaires européens l'appelaient le Las Vegas du Darfour, personne ne connaissait le nombre exact de ses habitants, qui augmentait et décroissait sans cesse en fonction du cours de la guerre au Darfour. Y cohabitaient les victimes chassées de leurs villages et les criminels qui se chargeaient de l'expulsion des villageois, mais aussi des citoyens pour qui cette guerre ne signifiait rien, ou encore des commerçants, seuls bénéficiaires du conflit et dont les biens s'étaient multipliés suite à la spéculation, au boursicotage et à la pénurie réelle ou organisée, des janjawids aussi, à la périphérie des grands camps, qui se pavanaient en ville dans leurs Land Cruiser à découvert équipés de mitrailleuses Douchka et de lance-roquettes. Leurs habits étaient sales, trempés de sueur et couverts de poussière, ils étaient bardés de longs grigris et coiffés de casques, leurs cheveux étaient épais et sentaient à la fois le désert et l'exil, ils portaient à l'épaule des fusils G-3 de fabrication chinoise et tiraient sans la moindre raison, sans aucun respect pour l'âme humaine, ils ne faisaient aucune différence entre les humains et les animaux, traitant les premiers comme des chiens. On les reconnaissait aussi à leur langue, le dajar, qui est l'arabe parlé au Niger ou quelque part dans l'ouest du Sahara, ils n'avaient ni femmes, ni filles, il n'y avait aucun civil parmi eux, pas plus que de gens pieux ou cultivés, de professeurs, de personnes instruites, de directeurs, d'artisans, ils n'avaient ni village, ni ville, ni même de maison où ils auraient pu désirer rentrer à la fin de la journée, une seule passion les animait, un être aux longues pattes et au dos solide, doté d'une bosse capable de contenir autant d'eau qu'un tonneau, à propos duquel ils déclamaient de la poésie, dont ils mangeaient la chair et la graisse, dont ils buvaient le lait, vivant tantôt sur son dos, tantôt sous une tente faite de ses poils, un animal capable de les emmener très loin, comme tuer ou se faire tuer uniquement pour lui assurer des pâturages, à la fois leur maître et leur esclave, leur seigneur et leur serf : le chameau.

Personne ne sait exactement pourquoi le gouvernement avait choisi ces gens-là, parmi tous les peuples d'Afrique, pour mener à sa place la guerre au Darfour.

La mission d'Abderahman aurait été bien plus simple face à tout autre ennemi que ce groupe hétéroclite. Elle savait très bien quel défi c'était. Il y avait une grande garnison à Nyala, comptant au moins dix mille soldats, des centaines de pièces d'artillerie lourde, ainsi que des avions de chasse chinois, efficaces et extrêmement précis. Tous travaillaient main dans la main avec les janjawids. Mais le projet d'Abderahman n'était pas si ambitieux. Au contraire, il était très modeste, tout à fait à sa portée : dix janjawids sur seize mille, ce n'est pas énorme. Ce n'est même rien comparé aux centaines qui avaient été tués lors des combats. Elle voulait simplement en ajouter dix à la liste, pas un de plus.

Grâce à l'instinct féminin autant qu'à son expérience, tante Kharifiyya avait compris qu'il se passait quelque chose entre sa fille, Abderahman, et son neveu Shikiri – et peut-être aussi avec son ami Ibrahim Khidir, qui l'avait accompagné quelques fois. Elle sentait bien qu'Abderahman n'était pas comme d'habitude. Elle s'absentait souvent de la maison, et quand elle y était, elle restait de longues heures enfermée dans sa chambre. Elle pratiquait aussi un entraînement intensif, quasi militaire. Et puis tante Kharifiyya avait remarqué que les rapports de sa fille et de son mari étaient parfois tendus. Un jour, elle les avait surpris en pleine dispute, plutôt violente, mais elle n'aurait jamais imaginé que c'était à propos de la guerre, ce sujet terrifiant qu'elle avait décidé d'éviter à jamais.

Un jour, en se réveillant, elle découvrit qu'Abderahman n'était plus là. Elle pensa d'abord qu'elle était partie chercher quelque chose, comme elle le faisait souvent depuis un certain temps. Quand vint l'heure d'aller au marché, elle n'était toujours pas rentrée.

Sa hutte était parfaitement rangée, tout était bien à sa place. Soudain, tante Kharifiyya entendit un bruit au plafond. Elle leva la tête et aperçut un grand anneau plein d'amulettes suspendu juste au centre. C'était un anneau du genre de ceux que portaient les janjawids, rougis par le sang coagulé. Calmement, elle alla mettre en lieu sûr tout ce qui pouvait avoir de la valeur, puis elle mit le feu à la hutte.

Tout le monde échafauda des hypothèses entre l'incendie de la hutte et l'absence – ou plus exactement la disparition – d'Abderahman. Tout le monde, sauf l'oncle Jumaa Sakin, bien sûr. Il y avait forcément un rapport entre la disparition d'Abderahman, sa fille, son amie, sa chérie, et le fait que tante Kharifiyya était devenue terriblement anxieuse, elle n'adressait plus que rarement la parole à quiconque mais s'était mise à parler toute seule, elle restait plus longtemps au marché, et buvait plus souvent du café. On avait remarqué aussi qu'elle se plaignait sans cesse de maux de dos, qu'elle n'assistait plus aux mariages ni aux enterrements, mais aussi qu'elle se montrait plus patiente que d'habitude avec Shilali le lunatique. Elle semblait même apprécier sa compagnie, alors qu'auparavant il y aurait réfléchi à deux fois avant de passer chez elle, car elle avait une peur bleue des lunatiques. Et c'est un fait, il y avait de plus en plus de lunatiques à Nyala, des hommes comme des femmes. C'est là l'une des conséquences de la guerre.

En revanche, personne n'avait fait le rapprochement entre la disparition d'Abderahman et celle de deux janjawids, partis sans laisser de trace. On les avait cherchés en vain, la police de la ville était sur le coup, et des centaines de civils avaient été interrogés. On avait même demandé l'aide de sorciers et de magiciens de la tribu des Dajo, ceux qui vivaient dans une grotte du mont Oum Kardous, à l'est de Nyala.

Tout le monde s'efforçait de mettre la main sur les assassins des deux janjawids. Leur chef avait juré sur la tête de son père, puis par Dieu, que si le gouvernement ne parvenait pas à lui livrer le ou les coupables, il tuerait au moins deux cents personnes au marché de Nyala, en plein jour et au hasard, sans distinction : enfants, hommes, femmes, Arabes et Noirs, employés et ouvriers.

Le septième jour, ayant perdu tout espoir quant aux efforts du gouvernement, qu'il qualifia d'ailleurs de léthargique et de sournois, le commandant mena sa milice en furie au marché de Nyala, qu'il encercla en empêchant quiconque de sortir. À midi, le gouvernement annonça qu'on avait retrouvé les assassins : deux hommes de la tribu des Massalit.

— Nous avons arrêté ces criminels infidèles alors qu'ils tentaient de s'échapper du souk du camp de Kilma, où ils auraient pu se cacher indéfiniment.

Ils étaient tellement affaiblis par la torture qu'on leur avait fait subir qu'ils ne sentirent pratiquement rien lorsque le chef des janjawids, Abou Jourbinga Joulbag, roula sur leur corps avec son Land Cruiser – un nouveau modèle de cinq tonnes, encore alourdi par un chargement de canons Douchka et quatre gardes.

Les sentiers du danger

C'est à cause du rapport que Shikiri avait rédigé sur Ibrahim Khidir que la décision fut prise de les intégrer tous les deux à une unité spéciale chargée de livrer du carburant à un bataillon stationné aux abords de la ville de Zalingei. Bien que le bataillon en question ne fût qu'à une vingtaine de kilomètres de Zalingei, et à dix kilomètres de Kaas, leur unité dut emprunter, par mesure de sécurité, une route bien plus longue, via Nyala. Pour éviter les espions et les traîtres, les membres de cette unité s'étaient rendus un par un au point de ralliement, à huit kilomètres au sud de Nyala. Une fois là-bas, ils seraient rejoints par cinq Land Cruiser équipés de Douchka, suivis du camion-citerne, et enfin de véhicules blindés plus légers utilisés à la fois pour mener des attaques surprises et pour transporter des soldats. Avec un tel convoi et huit heures de trajet, ils avaient peu de chances d'arriver à destination sans devoir faire face à quelques escarmouches ou à de légers accrochages, c'est pourquoi on avait envoyé des hélicoptères en éclaireurs. Hélas, le premier accrochage ne se fit pas attendre, il eut lieu exactement au point de ralliement, avant même que les membres de l'unité n'aient eu le temps d'organiser le convoi et de faire l'appel final. Au moment où le camion-citerne arriva, les Tora Bora avaient déjà le contrôle total de la position. Ils s'étaient emparés des Land Cruiser équipés de Douchka, et avaient immobilisé les véhicules blindés légers. Puis, comme si la terre s'était soudain ouverte sous leurs pieds et les avait avalés, ils avaient disparu, emportant en otage tous les soldats survivants, ne restaient plus que cinq blessés, un tas de cadavres et des véhicules carbonisés. Ils avaient aussi abandonné le camion-citerne. Le chauffeur, qui était parvenu à s'échapper à temps, avait saboté le véhicule, désormais hors d'état de marche. Sans qu'on sache pourquoi, les Tora Bora s'étaient repliés sans y mettre le feu.

Les prisonniers étaient amassés comme du bétail à l'arrière des camions, les véhicules roulaient à toute allure, sautant dans les fondrières et les ruisseaux comme s'ils transportaient de vulgaires sacs de fourrage, laissant dans leur sillage un nuage de poussière. On ne voyait que ça, devant comme derrière. Après une échappée de quatre heures durant laquelle la mort semblait imminente, les camions arrivèrent dans les chaînes de montagnes où se nichaient les camps des rebelles, en sécurité. Les chasseurs de modèle chinois n'avaient jamais osé approcher la zone, de peur que les missiles anti-aériens de fabrication américaine ne les abattent aussitôt.

On avait forcé les prisonniers à s'asseoir par terre, en un seul rang. Ils étaient vingt. On enregistra leurs coordonnées personnelles et on prit leurs papiers d'identité en les frappant, en les molestant et en leur crachant dessus. Puis ils furent divisés en trois groupes : les deux conscrits, dix soldats réguliers, et huit moudjahidines et gardes-frontières – le nom officiel des janjawids. Les janjawids et les moudjahidines furent exécutés sur-le-champ. Avant de les égorger comme des bêtes, les soldats qui les exécutèrent leur firent une dernière requête. Ils leur demandèrent de saluer de leur part les houris qu'ils rencontreraient au paradis. Mais ils blaguaient certainement, car les janjawids n'y connaissaient rien en matière de paradis ou d'enfer. Ils se battaient pour une obscure raison qu'ils ne parvenaient pas à exprimer parce que les politiciens qui les avaient envoyés sur le champ de bataille ne la leur avaient pas communiquée, soit parce qu'ils étaient convaincus que de toute façon les janjawids ne la comprendraient pas, soit parce qu'ils avaient peur de leur réaction dans le cas contraire. L'autre motivation des janjawids était le pillage, un terme très large qui englobait tout ce qui pouvait être emporté, y compris les femmes et les filles, ou encore le plaisir de décharger leur sperme par la force dans les entrailles d'une femme ou d'une enfant. Un janjawid vieillissant pouvait aussi espérer trouver un pâturage sûr et permanent pour son propre troupeau de chameaux et ceux de ses descendants jusqu'à la fin des temps.

Les soldats furent menottés et rassemblés dans une grande pièce en pierre, avec d'autres soldats capturés plus tôt. Les deux conscrits durent choisir entre rester en prison avec ceux de l'armée régulière ou rejoindre les forces des Tora Bora. Comme ils pensaient, à tort ou à raison, que les deux options revenaient au même, et que la seule vraie issue était la mort, ils décidèrent de rejoindre les Tora Bora.

Ibrahim était épuisé. Sa température était devenue alarmante. Ils firent venir un docteur – un de leurs prisonniers –, un homme enjoué et sympathique qui lui donna quelques médicaments. Il se lança dans une conversation plutôt animée avec Ibrahim. Ce dernier était presque inconscient, mais son délire incontrôlé le rendit immédiatement sympathique aux Tora Bora : apparemment, il avait déclaré détester les Chinois parce qu'ils avaient apporté la destruction au Darfour, et soutenir les hommes de Tora Bora.

Au départ, Ibrahim et Shikiri furent tous les deux chargés de préparer la soupe de lentilles et la bouillie de sorgho pour les prisonniers militaires, gardés en vie dans l'unique but de servir de boucliers humains ou de monnaie d'échange en cas de négociations. Bien sûr, il y avait là aussi de vagues considérations humanitaires. L'un des combattants avait mentionné la Convention de Genève et les lois humanitaires internationales. Ibrahim avait déclaré d'emblée qu'il ne voulait pas combattre. C'était une question de principe, et il était prêt à mourir pour ça. Son souhait avait été respecté, et à la place on l'avait chargé de transporter les armes et les munitions, comme un baudet. De son côté, Shikiri s'était montré réticent, comme toujours. Il avait écouté attentivement bien sûr, cependant il n'en fit qu'à sa tête. Il n'hésita pas à aller sur le champ de bataille et à prendre part aux embuscades. Il devint même un expert dans le domaine. Un jour, il déclara à Ibrahim qu'il n'avait plus peur de la mort. Ayant perdu Abderahman, il n'avait plus aucune raison de vivre. Il était mort d'inquiétude à son sujet, sans la moindre idée du lieu où elle se trouvait ni comment sa poursuite des janjawids allait se terminer. Il savait que jusqu'ici elle en avait déjà tué deux, le propriétaire de l'arme – ou le janjawid ivre, comme elle disait – et l'homme aux amulettes. Personne ne savait comment elle avait pu attirer les janjawids et les mener à la mort, comment elle avait pu faire tout ça toute seule. Mais avait-elle vraiment mangé leur foie ? Où était-elle à présent ? Et si jamais elle avait été capturée ? Ils la tueraient sans aucun doute, suivant la méthode qu'ils appelaient « la danse des Tora Bora ». Ils lui entraveraient les jambes, poseraient une grenade dans sa jupe et se retireraient à bonne distance. Quelques minutes plus tard, son corps serait déchiqueté, des lambeaux de chair s'envoleraient dans les airs. Il imaginait la scène comme s'il la voyait de ses propres yeux. Il l'aimait encore. Pourtant il avait fermement décidé que jamais il ne vivrait avec elle si un jour il venait à découvrir qu'elle avait mangé le foie des janjawids, cru ou cuit, peu importe. Il ne voulait pas partager la vie d'une cannibale. L'idée même lui était insupportable.

Les combattants de Tora Bora appartenaient à différentes tribus qui avaient en commun d'être la cible du gouvernement central. On les appelle les Zourga, les hommes bleus, un euphémisme timide pour désigner les Noirs. Le commandant du camp était un guerrier de la tribu des Massalit. Charon comme on le surnommait avait une allure athlétique, une épaisse moustache et des traits acérés. Ses passe-temps préférés consistaient à éclater de rire et inventer des ruses militaires. Dans chaque bataille, il prenait l'ennemi par surprise, attaquant au moment et à l'endroit où on s'y attendait le moins. Il appelait cela le génie militaire. Le prophète Mohammed dit que la guerre n'est que ruse. Charon expliquait qu'il avait appris les clés de la victoire militaire des défaites du calife Abdallah al-Ta'ayshi. Ce dernier était persuadé que seul compte le courage. En réalité, pour l'emporter il ne faut jamais sous-estimer l'ennemi, aussi affaibli, confus et en mauvaise posture soit-il, et même si vous êtes fort, organisé et dans votre bon droit. Charon était très instruit, dans les années quatre-vingt il avait obtenu un diplôme de la Faculté des Sciences économiques de l'université d'al-Mansoura, en Égypte. Il s'était embarqué dans plusieurs mariages dont étaient issues des nuées d'enfants. Au Darfour, il encourageait toujours ses hommes à épouser toutes les femmes qui y consentiraient afin de parer aux pertes humaines causées par la guerre. C'était un guerrier au cœur tendre. Il ne pouvait pas supporter de voir un janjawid vivant, ne fût-ce qu'une minute. Les janjawids avaient brûlé son village et tué son père. Désormais ils vivaient là où son propre village se dressait autrefois. Ils avaient gardé de nombreux villageois en otage, les obligeant à travailler dans leurs propres fermes, leurs propres vergers. Ils avaient aussi violé les femmes.

Après un combat aussi bref que déséquilibré entre les habitants de Dollayah d'une part, les janjawids et l'armée gouvernementale appuyée par des avions chinois d'autre part, les villageois survivants ont déposé les armes, y compris les armes blanches. On nous a ordonné de participer à des rondes de nuit. Nous avions des bâtons et des fouets, tandis que les janjawids avaient des armes à feu. Des groupes de dix hommes du Darfour – que les janjawids appelaient ombaya, un mot qui signifie « esclave » en arabe du Niger, d'où ils sont originaires – étaient encadrés chacun par cinquante janjawids, pour les empêcher de fuir ou de résister. Nous étions entre soixante-dix et cent cinquante Darfouriens, pas plus, les autres étaient morts en essayant de résister ou de fuir, entraînant parfois leur meurtrier avec eux, lorsqu'ils parvenaient à s'agripper à lui. Nous passions toute la nuit à patrouiller avec la moitié des janjawids, tandis que l'autre moitié violait femmes et enfants dans nos maisons.

Le même scénario se reproduisait chaque nuit, et quiconque tentait de s'y opposer était tué sur-le-champ. Il y eut bientôt dans le village toute une génération d'enfants nés de pères janjawids et de mères darfouriennes. Un représentant de haut rang au gouvernement avait même escorté une délégation des Nations unies venue visiter le village, le citant comme un exemple de coexistence pacifique entre les janjawids et les autochtones, un exemple flagrant qui contredisait toutes les allégations occidentales de génocide, de nettoyage ethnique, de soi-disant crimes de guerre et de l'impossibilité pour les deux parties de vivre ensemble.

Charon raconta tout cela à ses hôtes dès qu'il les rencontra. Il leur annonça que le premier objectif de sa révolution était la libération du village de Dollayah. Mais il ajouta aussitôt, à voix basse, que Dollayah ne pourrait être libéré tant que le Darfour tout entier ne le serait pas, parce que le village était entouré par les trois principaux camps de moudjahidines et de janjawids.

Charon entretenait de bonnes relations avec tous ses soldats, de même qu'avec tous ses prisonniers. Il était toujours de bonne humeur et ses éclats de rire résonnaient aux quatre coins du camp. Mais si quelqu'un tentait de s'échapper, il se transformait alors en monstre sans pitié, c'était la raison pour laquelle on l'avait surnommé Charon, du nom du passeur qui avait emporté tant d'âmes vers l'île de la Mort.

C'était vers la fin du mois de décembre. Les arbres – seyal, nabag, et autres grands laloub – conservaient encore un peu de leur verdure. Les sentinelles avaient repéré un cavalier avançant entre les arbres, au sud de la grande vallée. À en juger par les jumelles, il ne devait pas être à plus de trois kilomètres. Tous au camp s'accordaient sur le fait que c'était un éclaireur, et qu'un détachement militaire ne tarderait pas à se montrer. Seul un fou s'approcherait ainsi à cheval. Étrangement, la cible continuait de se rapprocher des lignes de défense avancées du camp, passant à travers les mines anti-personnel et anti-véhicules. Les combattants réalisèrent alors qu'il ne s'agissait pas d'une cible militaire. Lorsque la silhouette agita un drapeau blanc, ils la guidèrent vers un chemin sécurisé. C'était une jeune femme, elle avait les traits émaciés mais elle parvenait néanmoins à faire bonne figure. Elle paraissait assez calme, elle s'identifia, parlant avec assurance. Elle déclara qu'elle voulait voir Haroun – c'était le véritable nom de Charon. Elle engloutit la bouillie de sorgho qu'on lui avait apportée. Charon la reconnut aussitôt. Ils s'étaient rencontrés des années auparavant, à l'époque où elle aidait les marchandes de thé à la gare des bus d'al-Ginena, à Nyala. Elle connaissait l'une de ses épouses et leurs enfants, qui avaient vécu dans le district d'al-Jeer avant de disparaître de la ville.

Elle dit qu'elle était venue voir son mari Shikiri Toto Kuwa, que Charon détenait prisonnier. Tous les hommes présents furent surpris d'entendre cela, et ce fut l'occasion pour le commandant d'éclater de rire. À ce moment, Shikiri était occupé à creuser une grande tranchée derrière la montagne, avec son ami Ibrahim et un groupe de soldats, pour une raison que Charon ne pouvait dévoiler. Lorsqu'il fut convoqué, son cœur se mit à battre la chamade, il demanda aussitôt au messager si c'était sa femme Abderahman ou sa tante Kharifiyya qui l'attendait.

Il eut l'impression qu'elle était bien plus belle que n'importe quelle autre femme. Il paraissait exténué et misérable, il avait beaucoup maigri – exactement comme n'importe quel autre homme à sa place. Ils s'embrassèrent longuement, les femmes combattantes poussèrent des cris de joie en comprenant qu'Abderahman les rejoignait. Il y avait là quatre-vingt-dix femmes, toutes mariées à l'exception de Maryam, ou Marie-Madeleine comme la surnommait Charon. Elle avait fait le serment de ne se marier qu'une fois le Darfour libéré, ou alors une fois le Messie de retour, peu importe lequel des deux événements se produirait d'abord. Les combattants murmuraient des tas de choses à son propos.

La ville, dont Shikiri et ses amis avaient tant entendu parler au camp, n'était en réalité qu'un hameau de maisons en pierre surmontées d'un toit d'argile et de branchages, édifiées autour d'une petite source d'eau chaude et encerclées par des hauteurs rocheuses. Vu d'en haut, on aurait dit un cercle de pierres et d'arbustes sauvages. La source était le seul point d'eau, impropre à la consommation – même une fois traitée, elle était à peine potable pour les êtres humains. Il y avait aussi un enclos avec du bétail et des chameaux, confisqués aux janjawids pour la plupart. Durant la saison des pluies et jusqu'à l'été, ils paissaient le long des berges de la source, dont l'eau zigzaguait à travers les hauteurs comme un serpent aquatique. Il y avait aussi plein d'arbres imposants, des tamariniers et des baobabs, dont l'ombre immense recouvrait tout. Ce petit espace, stratégique et enchanteur, était resté complètement hors de portée du gouvernement, grâce aux missiles anti-aériens et aux champs de mines, mais surtout grâce à ce régiment invincible. Les hauteurs rocheuses qui l'encerclaient le faisaient ressembler à un château magique. La ville servait uniquement de lieu de résidence pour les familles, tandis que les enfants en âge d'aller à l'école étaient envoyés dans les grandes villes pour continuer leurs études. Il y avait là de superbes jeunes filles, à la fois épouses et combattantes. Elles remplissaient leurs devoirs d'épouse avec une grande passion et se battaient avec autant de courage lorsque leurs maris partaient tendre des pièges et autres embuscades aux janjawids. Ils restaient à distance de la ville pour la défendre. On prépara une chambre pour Abderahman et son mari, Shikiri. Ils parlèrent un peu, ils s'embrassèrent, puis s'endormirent aussitôt.

Tandis qu'Abderahman était couchée à côté de lui, qu'il sentait son souffle sur le visage, Shikiri rêva qu'elle était en train d'égorger un gros janjawid et de lui arracher le foie avant de le donner à un petit animal qui ressemblait à un chat, sauf que sa bouche était celle d'un humain. L'animal dévora le foie et en redemanda, alors Abderahman continua d'égorger des janjawids jusqu'à venir à bout de toute une rangée d'hommes. Montrant ses dents blanches, l'animal tira la langue à Shikiri et urina, ce qui signifiait qu'il n'avait pas le choix. Alors, des soldats emmenèrent Shikiri. Une fois la lame posée sur sa gorge, il eut le droit de dire un dernier mot. C'est à ce moment-là qu'il se réveilla, terrifié. Il se leva, Abderahman se réveilla elle aussi.

— As-tu mangé le foie des janjawids ? demanda-t-il.

Elle poussa un long soupir, elle se frappa le visage, puis elle lui avoua que non, hélas. Elle avait bien essayé, seulement le foie avait l'odeur des excréments humains. Alors elle s'en était débarrassée et avait abandonné l'idée.

— Ce n'est pas nécessaire, dit-elle. Les tuer suffit largement.

Ce jour-là, Abderahman s'était levée comme à son habitude, un peu plus tard que tante Kharifiyya – et bien plus tard que son mari, qui était reparti pour la base militaire à cinq heures trente précises. Elle avait rempli une cruche d'eau et pris un bain, tout en chantant de sa voix splendide. Elle aimait les chansons d'Omar Ihsas. Elle ne passait généralement pas plus d'une demi-heure dans son bain, elle faisait alors une toilette minutieuse – elle ponçait la plante de ses pieds à l'aide d'une pierre, s'épilait les aisselles et se coupait les ongles. Pour elle, un bon bain était la clé d'une belle journée, et si pour une raison ou une autre elle en était privée, elle se montrait nerveuse et distraite tout le restant de la journée. L'élément le plus important de ce bain rituel était le hennissement des chevaux montant du jardin. Cela lui rappelait les beaux jours à Khorbati.

Elle était en train de se passer une éponge dans le dos lorsqu'elle entendit un tintement dans les hautes herbes qui constituaient le mur arrière de la salle de bains, en face du verger de manguiers. Elle pensa d'abord à un varan, car ils grouillaient dans la vallée de Barli, surtout autour du bassin du verger. L'idée qu'il puisse s'agir d'un serpent la fit tressaillir, elle se recroquevilla et se mit à regarder dans la direction d'où provenait le bruit, prête à fuir. Les chevaux hennissaient, visiblement effrayés, comme s'ils avaient aperçu un monstre. Elle entendit l'oncle Jibril qui tentait de les calmer tout en se demandant ce qui avait bien pu les effrayer à ce point. Soudain, un gros trou se forma dans le mur d'herbes de la salle de bains, et elle distingua le visage d'un homme. Il avait la peau claire, et d'épais cheveux ébouriffés comme ceux d'un démon. Il portait une petite barbe avec une grosse moustache. Elle comprit immédiatement que c'était un janjawid. En un clin d'œil, il se retrouva en face d'elle. Tétanisée, elle parvint cependant à dissimuler son sexe et sa poitrine. Il ne sentait pas l'homme, plutôt la charogne. Il portait un pantalon militaire et une djellaba dégoûtante, ainsi qu'un fusil G-3. Il lui parla doucement, mais elle ne l'écoutait pas, elle ne le regardait même pas, alors il sortit le couteau sanglé à son bras et l'approcha si près du visage d'Abderahman que la lame lui blessa presque le nez. Elle avait l'impression de sentir l'odeur du sang, elle se creusa les méninges pour trouver une issue. Alors elle l'invita à aller dans la chambre, en l'assurant qu'elle était seule. Lui-même jura que si jamais il rencontrait quelqu'un d'autre, il les tuerait tous. Pour montrer qu'il ne plaisantait pas, il mit son arme en joue.

— J'étais persuadée qu'il nous aurait tués de sang-froid, car personne ne le punirait même s'il massacrait tous les habitants de la ville. Il me permit seulement de mettre ma robe, alors j'attrapai le reste de mes vêtements et j'entrai. Une fois dans la hutte, il ferma la porte à clé et m'ordonna de me coucher sur le lit en regardant ailleurs le temps qu'il s'apprête.

Ce ne fut que lorsqu'elle l'entendit se racler la gorge

qu'elle se retourna. Il se tenait debout près du lit, portant de longs sous-vêtements pleins de taches. Il avait la poitrine nue, un grand couteau à la main. Il lui dit que tout se terminerait bien si elle se soumettait à ses désirs sans lui résister. Sinon, il utiliserait son couteau. Visiblement, il imaginait qu'elle était vierge, car lorsqu'elle lui annonça qu'elle était mariée, il reposa le couteau. Il baissa son caleçon, long et crasseux, et elle aperçut son sexe qu'il tentait tant bien que mal de cacher. Il était court et mince, couleur brique, et entouré d'une épaisse toison. On aurait dit un sexe d'adolescent. Elle rit en silence. Elle ouvrit les cuisses, ferma les yeux et tenta de penser à autre chose. La première fois qu'elle avait été violée, ça avait été différent, douloureux, car elle était vierge et infibulée – la circoncision pharaonique, comme on l'appelle. Comme il était impossible pour un homme de la pénétrer d'un seul coup ou même en quelques minutes à cause de cette barrière, ainsi que son assaillant l'avait espéré, il avait utilisé son couteau. Ni lui, ni ceux qui suivirent ce jour-là n'avaient remarqué qu'elle était complètement inconsciente. Elle se laissa emporter dans ses pensées tandis qu'il produisait des sons suggérant qu'il prenait du plaisir, de son corps émanait encore cette odeur puante. Son membre était petit et mince, il essayait en vain de lui donner vie. Sa mauvaise odeur la faisait suffoquer, pour pouvoir en finir au plus vite elle feignit de prendre du plaisir elle aussi. Quelques caresses, quelques manœuvres de ses cuisses et il finit par jouir. Elle le repoussa alors rapidement avant que sa crasse dégoûtante ne la pollue. Il resta couché à côté d'elle comme un enfant, lui caressant les seins, rapidement il se mit à ronfler comme un loup affamé.

Elle se débarrassa de son étreinte et essuya aussitôt ses cuisses avec les draps. Le tuer ne lui prit pas longtemps. Un seul coup et sa respiration s'arrêta net. Son corps était complètement inerte, sauf les orteils qui tremblèrent encore quelques secondes, puis plus rien. Ce fut tout. C'était comme s'il était venu là juste pour mourir. Elle n'avait pas eu peur, au contraire elle avait agi avec le sang-froid de quelqu'un qui tuait un janjawid par jour.

— J'étais folle de joie, j'avais l'impression d'avoir vengé ma famille et les miens, l'impression d'être redevenue un être humain. Je revis ma mère, mon père, mes frères et ma sœur. Ils me souriaient, me disant dans notre langue : « Bravo ! Sai sai ! »

— Où as-tu caché le corps ? lui demanda Shikiri.

— Toi et moi, ma mère et ton ami, on a déféqué dessus tous les jours. J'ai dû verser un sac de plâtre sur l'emplacement, celui qui restait quand on avait refait les murs de la maison lors du dernier aïd. Après quoi on a cessé de sentir cette odeur de merde dans les toilettes, avait-elle répondu.

— N'as-tu pas dit quelque chose d'autre tout à l'heure, à propos de l'odeur horrible de son foie ?

— Non, ça c'est une autre histoire. Celle de l'autre janjawid.

Lorsque son mari Shikiri avait été fait prisonnier, Abderahman avait décidé de quitter Nyala et de rejoindre les insurgés. Peu lui importait qui ils étaient, eux et leurs chefs, ou encore quels étaient leurs objectifs. Au moins, ils combattaient le gouvernement et les milices qui étaient ses alliés, et puis ils étaient déterminés à libérer le Darfour des mains de ces criminels. Mais elle n'avait aucune idée de la manière d'entrer en contact avec les rebelles, on disait qu'ils avaient de nombreux espions en ville. Ils recrutaient les plus jeunes et les envoyaient au front. Elle voulait les trouver et leur demander de la prendre avec eux. Elle pouvait se battre aussi bien qu'un homme, mieux même. Elle avait déjà combattu des janjawids pour de vrai, un par un, sur le sable de la vallée de Barli. Elle savait manier aussi bien les armes masculines que féminines. Un jour, elle avait empoigné l'un de ses assaillants par les testicules qu'elle avait écrasés jusqu'à ce qu'il s'évanouisse. Puis elle l'avait étranglé jusqu'à ce qu'il passe l'arme à gauche. Un homme avait-il jamais fait cela ? Elle avait à elle seule deux fusils G-3, en parfait état de marche. Et aussi quatre grenades. Elle ne savait pas s'en servir, mais elle en prenait bien soin. Elle avait même les munitions volées à deux soldats, et une grosse somme d'argent trouvée dans les poches de deux janjawids. Il ne lui restait plus qu'à rejoindre les combattants.

Ce soir-là, oncle Jumaa Sakin était assis sur une chaise, face à l'entrée sud du verger, qui dominait la vallée. Il venait d'inspecter les écuries avec l'oncle Jibril, son loyal assistant qui veillait sur les chevaux et le grand verger. Après l'inspection quotidienne, oncle Jibril restait à l'intérieur pour écouter la radio et boire de la marissa. De temps à autre, 'Alawiyya la veuve les rejoignait et ils passaient du bon temps ensemble. Abderahman s'assit sur le sable, à côté d'oncle Jumaa Sakin, bien qu'il lui eût proposé d'apporter une chaise. Elle lui dit qu'elle voulait lui parler d'une affaire de la plus haute importance. Oncle Jumaa Sakin avait soixante-cinq ans, il était costaud et grisonnant. Il vivait en solitaire, mais était toujours heureux d'avoir de la compagnie. Il ouvrit une jarre à côté de lui et il lui servit une tasse de thé. Elle commença par lui demander de donner sa parole que ce qu'elle allait lui confier resterait secret. Une fois qu'il se fut exécuté, elle dit dans leur langue :

— J'ai besoin d'un cheval.

Il était tout ouïe. Il posa sa tasse de thé, et après une courte pause il demanda :

— Pourquoi as-tu besoin d'un cheval ?

— Je veux aller me battre, répondit-elle, les yeux brillants.

Il marqua une nouvelle pause, avant de reprendre :

— Et où veux-tu te battre ?

— Je n'en ai pas la moindre idée. J'ai entendu dire que le chef des rebelles s'appelle Charon. Je sais aussi que sa famille est à al-Jeer. Mais je ne sais pas où il se trouve actuellement.

Il la mit en garde, lui expliquant que la guerre n'était pas une chose à prendre à la légère. On pourrait la tuer, à tout le moins la violer. Mais lorsqu'elle lui parla des deux janjawids qu'elle avait tués, des armes qu'elle avait récupérées, ses yeux étincelaient d'excitation. Il l'emmena jusqu'à l'écurie et ordonna à Jibril de seller deux chevaux, deux en particulier.

— Pourquoi deux ? demanda-t-elle.

— Tu as dit que tu ne connaissais pas le repaire des insurgés, n'est-ce pas ? Moi je connais le Darfour jusqu'au dernier centimètre carré. J'ai passé ma vie à y errer. Je vais te conduire là-bas, puis je reviendrai ici.

Elle proposa de payer le prix du cheval, mais il insista en disant qu'il pourrait lui offrir toute sa fortune, parce qu'elle était en train de réaliser ce que lui-même avait échoué à faire. Il ne lui fit qu'une seule requête : elle devait venger ses deux fils massacrés par les janjawids.

Abderahman était venue le trouver avec en tête un objectif bien déterminé : se procurer l'un de ses chevaux, quel qu'en soit le coût. Oncle Sakin n'avait sûrement pas connu de femme depuis que son épouse était décédée environ dix années plus tôt, elle n'avait pas entendu la moindre rumeur dans ce sens en tout cas. Pourtant elle n'avait pas écarté l'éventualité de faire usage de son corps si cela s'avérait nécessaire. Les janjawids l'avaient déjà fait, par la force et gratuitement. De même que les hommes de sa propre tribu, qui avaient abusé d'elle sans pitié dans les camps de réfugiés de Kilma et d'Abshouk. Et elle-même l'avait offert à des tas d'autres hommes contre un peu d'argent. Alors, pourquoi ne pas en faire usage pour une cause importante, une cause qu'elle défendait absolument et pour laquelle elle œuvrait ? Cela ne comptait pas comme une infidélité. Elle appartenait corps et âme à son mari, cela ne signifiait pas pour autant qu'elle ne puisse pas mettre son corps au service de son propre peuple. L'autre plan qu'elle avait concocté, au cas où elle n'aurait pas été capable de convaincre oncle Sakin, de le séduire ou de l'acheter grâce à l'argent hérité des janjawids, était tout simplement de voler le cheval. Elle l'aurait fait, même si elle avait dû pour cela tuer oncle Jibril et oncle Jumaa Sakin, son gentil voisin qui l'avait toujours laissée cueillir les fruits de ses manguiers, ceux dont les branches s'étendaient jusque dans la propriété de tante Kharifiyya. Cet homme qui parlait la même langue qu'elle, qui l'aimait et la laissait monter ses précieux chevaux, ceux qui l'avaient rendu riche à millions aux courses hippiques et avaient fait de lui un homme de premier rang.

Il faisait nuit noire, c'était le meilleur moment pour voyager selon oncle Sakin. Il connaissait très bien les routes, il était capable de s'orienter grâce aux étoiles, au vent, à la nature du sol, grâce aux odeurs et aux bruits. Les deux chevaux étaient noirs et également harnachés de noir pour ne pas être repérés. Ils parlaient peu, ne communiquaient qu'en chuchotant. Les bruits s'entendent sur de longues distances dans le silence de la nuit. À l'aurore, ils atteignirent un village déserté. Les maisons avaient été incendiées, des squelettes et des cadavres jonchaient le sol, entre les arbustes qui commençaient à flétrir. C'était au mois de septembre, les roseaux poussés durant la dernière saison des pluies étaient encore intacts. Il coupa quelques branches et fabriqua un petit auvent sous lequel ils s'assirent et préparèrent le repas. Ils décidèrent de rester là jusqu'à ce qu'il fasse sombre à nouveau. C'était dangereux de voyager en plein jour, ils pouvaient être détectés par les radars du gouvernement et de ses milices, ou encore par les avions de reconnaissance. Ils fabriquèrent aussi deux matelas d'herbe, Abderahman était éreintée. Cela faisait des années qu'elle n'avait plus parcouru pareille distance en selle. Elle ressentait une douleur aiguë à l'intérieur des cuisses. Elle ne but qu'un petit jus de sorgho et s'endormit aussitôt.

Oncle Sakin n'avait rien perdu de ses talents de chasseur malgré les longues années passées en ville. Une fois Abderahman endormie, il vérifia bien alentour s'il n'y avait pas de serpents ou de scorpions. Puis il se mit à fouiller dans son sac et saisit un piège à rat et un morceau d'oignon rouge en guise d'appât. Il pouvait suivre la trace des gros rats à travers les roseaux, car ils laissaient des marques reconnaissables au sol, comme de longues traînées. Il était trop malin pour poser ses pièges juste sur leur route, ce qui éveillerait leurs soupçons. Au contraire, il l'installa dans la direction opposée à celle du vent, ainsi l'odeur alléchante de l'oignon rouge atteindrait leurs narines, les poussant à rejoindre volontairement leur destin.

Abderahman fut réveillée par une odeur de viande grillée. De gros rats pendaient à des tiges d'arad, des flammes avides venaient lécher leur graisse. Elle crut qu'elle était en train de rêver. L'odeur de la viande grillée emplissait ses narines et la fumée la faisait sérieusement tousser. Oncle Sakin était accroupi près du feu. Elle s'assit à côté de lui, visiblement joyeuse. La dernière fois qu'elle avait goûté du rat grillé, c'était au village, lorsqu'elle n'était encore qu'une enfant. Ils dégustèrent leur repas.

— La guerre est notre pire ennemi, dit-elle dans leur langue.

— La guerre est notre pire ennemi, répéta-t-il en regardant les flammes s'élever.

Elle continua de l'observer, s'attendant à ce qu'il poursuive, comme s'il allait dire quelque chose d'important. Il prit une petite tige de roseau pour remuer les braises, ravivant ainsi les étincelles. Il resta silencieux un long moment, la guerre avait emporté toute sa famille, tous les êtres qui lui étaient chers, les dévorant sans merci. Oncle Sakin appartenait à la tribu des Four, qui vivaient depuis des millénaires dans le Djebel Marra et ses alentours. Ils étaient musulmans, paisibles, peu enclins à la violence et au combat, mais les terres fertiles qu'ils occupaient attisaient l'envie depuis des temps immémoriaux.

Tout au long du chemin, Abderahman avait pensé à la meilleure façon de le remercier. Il est vrai qu'elle était celle qui allait venger le meurtre de ses fils, assassinés de sang-froid sans même avoir pu se défendre. Il lui avait raconté l'histoire pour la vingtième fois : ils étaient juchés sur un camion qui les emmenait de Kaas à Zalingei. À un checkpoint, un groupe de janjawids et de soldats de l'armée régulière questionnèrent les voyageurs quant à leur appartenance tribale. Leur unique préoccupation était de savoir s'ils avaient en face d'eux un Arabe ou un Zourga, un Noir. Ils ne pouvaient le déterminer uniquement sur la base de la couleur de la peau, car beaucoup de tribus arabes avaient la peau plus noire que celle d'autres tribus du Darfour. Alors restait le critère de l'accent, mais cela dépendait aussi de l'humeur du janjawid responsable du checkpoint, qui était de rang supérieur à son homologue de l'armée régulière. Il pouvait même liquider n'importe qui sans craindre la moindre sanction. Or ce jour-là le janjawid était de mauvaise humeur. L'un de ses hommes avait été sévèrement blessé dans une bagarre avec un Darfourien, qui était parvenu à s'échapper sain et sauf. En représailles, le janjawid exécuta tous les hommes et les garçons présents à l'arrière du camion, Arabes et Zourga confondus. Il y avait parmi eux les fils d'oncle Sakin, deux adultes et un enfant de dix ans.

Abderahman éprouvait une incroyable sympathie pour cet homme qu'elle aurait voulu réconforter, tout en craignant qu'il n'accepte pas sa manière d'exprimer ses sentiments. Ce corps, qui pouvait appâter assassins et criminels, pouvait aussi servir de récompense. Oncle Sakin, hélas, ne lisait pas dans ses pensées, sinon il aurait mis un terme à sa perplexité. Bon, elle pouvait aussi lui donner l'argent des deux janjawids, une coquette somme dont, par ailleurs, elle n'aurait aucun usage au combat. Mais il n'en avait pas non plus besoin. Sa fortune était telle qu'il ne savait même pas comment la dépenser. Elle non plus ne savait pas quoi faire de cette somme. Finalement, ils conclurent un marché : il confierait l'argent d'Abderahman à tante Kharifiyya, en s'assurant que jamais elle n'apprenne d'où il provenait.

La route qui menait au camp était simple maintenant. Après avoir traversé le petit ruisseau, il lui faudrait prendre à gauche et se diriger vers les montagnes. La distance à parcourir était assez courte à cheval. Elle les trouverait au cœur des montagnes, à l'endroit qu'ils appelaient « la ville ». Elle devait se montrer très prudente car ils pouvaient la repérer de loin grâce à leurs jumelles. Si elle ne s'écartait pas de la route qu'il lui avait indiquée, elle éviterait les mines anti-personnel. Il n'y avait pas à s'inquiéter des autres types de mines car elles n'explosaient que sous l'effet d'un très gros poids, comme celui d'un char, d'un transport de troupe, d'un Land Cruiser ou d'un véhicule blindé, bref au-delà de trois tonnes. Ils ne lui tireraient pas dessus tant qu'elle agiterait son foulard blanc.

Il lui avoua qu'il était chargé d'envoyer des rebelles de Nyala vers les différents champs de bataille. Il était même celui qui avait le rang le plus élevé. Rien qu'à Nyala, lui dit-il, il y avait vingt cellules sous ses ordres, ainsi que des tas de combattants, hommes et femmes, civils et militaires. L'un d'entre eux était de la famille du préfet de police, et il travaillait au bureau de ce dernier. « Je suis en charge de cette mission depuis dix ans, j'ai combattu en personne sur de nombreux fronts », lui dit-il dans leur langue, puis il lui fit ses adieux avec un grand sourire, tandis que sa monture emmenait Abderahman au cœur du territoire des rebelles. À la fois surprise et reconnaissante, elle ressentit un brutal désir pour lui. Si elle avait pu remonter le temps, elle aurait aimé devenir l'une de ses amies les plus proches, voire sa petite amie. Elle regrettait de l'avoir connu trop tard.

La liberté

Les grands-parents d'Ibrahim Khidir Ibrahim étaient les descendants d'un esclave nommé Bakhit, lui-même père de la servante appelée Bakhita, connue plus tard tant auprès des esclaves que des maîtres sous le nom de Bakhita Sajam al-Ramad – Bakhita Noire-de-Suie. Personne ne se souciait de connaître leur véritable nom, l'essentiel était que chacun eût un prix de vente bien déterminé. Le grand-père avait été vendu à un prix plus élevé que ses semblables (cinquante-cinq riyals majidiens) car il avait le visage marqué par la petite vérole, ce qui signifiait qu'il n'en serait pas atteint une seconde fois, or cette maladie avait causé des pertes considérables aux marchands l'année précédente. Quant à Bakhita, elle avait été offerte gracieusement audit commerçant, car c'était encore un bébé dont il fallait s'occuper, de toute manière aucun marchand ne l'aurait achetée, c'eût été une perte assurée. Si le marchand d'esclaves ne s'était laissé attendrir, il s'en serait débarrassé en la jetant en pâture aux loups qui suivaient les caravanes des trafiquants en quête de chair fraîche, esclaves morts ou atteints de blessures jugées incurables.

Le père Bakhit – on l'appellera Bakhit, puisque son véritable nom resta inconnu jusqu'au moment de sa mort – emmenait le nouveau-né auprès du dieu de sa tribu, dans une montagne voisine, pour qu'il lui accordât sa bénédiction. Sur la route, ils furent capturés par des trafiquants, tout simplement, mais Bakhit s'en voulait beaucoup car il avait commis trois graves erreurs. Tout d'abord, il était parti seul, sans l'habituelle escorte d'hommes armés de lances et de flèches, en cette période, entre la fin de la saison des pluies et le début de la suivante, où pullulaient les chasseurs d'esclaves. Il n'avait pas non plus emporté le talisman censé le protéger des coups de feu et des armes blanches. Ni les marchands ni leurs fusils et leurs lances ne l'impressionnaient vraiment. Sa troisième erreur était la plus terrible. Au fond de lui, il rechignait à se rendre auprès du dieu de sa tribu, car il s'était récemment rallié à une communauté qui vénérait un autre dieu, différent de celui des gens du village. Cette nouvelle religion interdisait l'ancien culte, l'alcool et les talismans, elle imposait aussi aux hommes de prier et de jeûner. Mais sous la pression insistante de sa mère, de son père et de son épouse, il avait fini par accepter à contrecœur d'amener sa fille auprès de la divinité, laquelle en représailles le livra à des gens qui professaient eux aussi cette nouvelle religion, vénéraient le même dieu et priaient exactement comme il avait appris à le faire, tout comme ils condamnaient le dieu de sa tribu.

Le père et sa fille furent emmenés au marché d'al-Dem, car l'homme était robuste, en bonne santé, et avait de surcroît survécu à la petite vérole. On l'exposa immédiatement au marché, bien qu'il fût enragé, le visage tuméfié pour avoir défendu sa liberté avec détermination, mais comme le dit le proverbe, « le nombre l'emporte sur la fougue ». Au marché, il dit au marchand dans la lingua franca de la contrée :

— Je suis musulman, comme toi.

À quoi le marchand répondit en riant :

— Mais tu es un nègre, et la place du nègre est au marché.

Il n'ajouta pas un mot, il savait parfaitement ce qui allait lui arriver, il serait vendu de marché en marché, et s'il était chanceux cette tournée le conduirait jusqu'à Omdourman, où les esclaves vivaient un peu mieux. Mais si la malédiction du dieu de la montagne l'emportait, il tomberait entre les mains d'un paysan ou d'un commerçant ambulant, ou encore d'un sultan qui en ferait un soldat et qui l'enverrait au combat, ou bien qui le castrerait, une opération extrêmement douloureuse, si bien qu'à chaque fois qu'un homme était capturé par les marchands d'esclaves, sa mère, sa femme et ses enfants allaient faire une prière spéciale auprès de leur dieu pour lui demander, à défaut de le rendre à ses proches, d'au moins le protéger de la castration, parce que c'était très douloureux bien sûr, mais surtout parce que cela le priverait de toute descendance. Au troisième jour, tandis qu'il nourrissait sa fille, qui criait si fort lorsqu'elle avait faim que les gardes étaient obligés de lui procurer du lait, huit jeunes hommes furent jetés dans leur enclos. Il s'agissait de membres de sa communauté, ceux avec qui il priait, les villageois les avaient chassés après la disparition de Bakhit, voulant même les tuer, ils s'étaient alors enfuis armés de leur seule religion jusqu'à une grotte située dans une montagne éloignée. Des marchands d'esclaves, accompagnés d'un bazinger, un soldat, étaient tombés sur eux et comme ils n'étaient pas armés, qu'ils ne croyaient plus dans les grigris censés les protéger des coups de feu, et qu'en plus ils fuyaient, ils furent aisément capturés et on les attacha les uns aux autres en une longue file. Le commerçant chanceux les ramena jusqu'au camp, c'étaient des jeunes gens en bonne santé, à l'âge bien négociable et qui parlaient l'arabe véhiculaire, tout cela faisait qu'il les vendrait facilement et en tirerait un bon prix. Tandis qu'ils marchaient, ils recevaient des coups de fouet en criant d'une seule voix, avec force douleur : « Allahu akbar, Allahu akbar… »

Ils furent d'abord présentés à un agent du gouvernement, principal responsable du commerce d'esclaves, lequel avait le droit de choisir qui il voulait au prix que lui-même fixait, car par principe tous les esclaves étaient considérés comme la propriété du gouvernement. Or cet homme était connu pour acheter des esclaves pour son propre plaisir lorsque l'État n'avait pas besoin d'esclaves soldats, il choisissait alors de jolies jeunes filles, ou encore des garçons glabres. Les jolies filles avaient été créées à dessein, quant aux garçons, ils avaient le choix entre deux options : soit on les castrait, et ils étaient traités comme des filles contre leur gré, soit ils acceptaient qu'on leur fasse ce que l'on faisait habituellement aux filles. Il était notoire que cet homme préférait la seconde solution, car rien ne le faisait plus jouir que de saisir le membre de son partenaire tout en lui mordant le dos une fois au comble de l'excitation, un fantasme inaccessible avec un homme castré. Et puis, le Mahdi – qu'il soit béni – avait légalisé l'esclavage, mais il avait interdit la castration, qui n'était pratiquée qu'en cas d'extrême recours. Le représentant du gouvernement avait donc choisi pour son inextinguible plaisir personnel l'un des croyants, le plus jeune d'entre eux. Les autres furent vendus à l'agent d'un célèbre trafiquant marocain appelé Mohammed al-Bakhit, devenu expert dans l'acheminent d'esclaves vers l'Égypte après que leur importation y fut interdite par le calife Abdallah al-Ta'ayshi, de peur que les Turcs ne les enrôlent dans l'armée et ne reconquièrent le Soudan. L'intermédiaire voulait cette fois les envoyer directement vers les marchés d'Istanbul, où on les retrouverait peut-être plus tard parmi les soldats ottomans tués lors de l'une ou l'autre bataille engagée par le sultanat turc en déclin.

Il traversa le Nil bleu, et les emmena à Omdourman, puis il traversa encore une fois le Nil pour les amener au marché d'esclaves de Shendi, où ils furent achetés par un autre marchand. Ils vécurent ainsi en esclavage jusqu'à ce que Bakhita ait quatorze ans et qu'elle soit devenue une femme. Elle fut alors achetée par un marchand ambulant, elle fit des adieux poignants à son père car tous deux savaient que leur séparation serait définitive. Le commerçant la ramena à Omdourman, où il la prostitua avec d'autres femmes, la louant à l'heure, à la nuit, voire à la semaine à de riches marchands en quête de plaisir. Elle enfanta de plusieurs pères une fille qui fut appelée al-Surra, puis elle enfanta un garçon, toujours de plusieurs pères, qui fut appelé Mastour, puis d'un même homme qui l'avait achetée pour son plaisir personnel elle enfanta des jumeaux, al-Toum et al-Touma. Al-Touma était la grand-mère d'Ibrahim, elle avait été achetée par un Bédouin de Kassala pour cent soixante riyals, le prix le plus élevé que l'on puisse donner pour un esclave au marché d'Omdourman : une jeune esclave, un « petit poussin » comme on disait alors, était un investissement très rentable pour son maître, en particulier dans le cas de la seconde génération, celle issue de rapports entre une esclave et son maître arabe, qui héritait de la couleur marron ou jaunâtre du côté paternel et d'un corps à la fois robuste et élancé du côté africain – si bien que très souvent il était impossible de déterminer s'il s'agissait d'esclaves ou d'hommes libres. Le Bédouin avait le cœur dur, il la faisait travailler toute la journée : elle devait moudre les céréales à la meule, vendre la farine, nourrir les nombreux hôtes jamais rassasiés, toutes ses épouses et leurs enfants, et une fois la nuit tombée le maître louait son corps à des notables assoiffés de plaisir.

Tôt le matin, elle entendit son maître blessé – il avait été touché par une balle à la bataille de Kerreri – en train de discuter avec quelques amis qui avaient perdu toute leur fortune après le retour au pouvoir des Britanniques et la chute de l'État mahdiste. Ils se réunissaient tous les soirs pour se plaindre et pleurer le passé, ils étaient choqués de l'ultimatum des Anglais, aussi impensable qu'illégitime, aussi provocant qu'étrange, d'affranchir sur-le-champ les esclaves. Depuis que ce décret avait été annoncé, il était devenu illégal, et même passible d'une peine de prison assortie d'une amende, de posséder, de louer ou de conserver un esclave, homme ou femme, enfant ou adulte, sous quelque forme que ce soit. Elle faillit s'envoler de joie en entendant la nouvelle, elle était désormais assurée de la véracité des rumeurs qui circulaient avant la guerre, selon lesquelles les Anglais libéreraient tous les gens, que ceux-ci pourraient rentrer auprès des leurs, dans leurs tribus et leurs familles.

Elle patienta un jour, puis un autre, mais son maître ne lui annonça pas qu'elle était libre, jusqu'à l'après-midi où il lui demanda d'arrêter ses tâches ménagères pour aller se cacher le plus vite possible dans les hautes herbes et ne revenir que le soir. Lorsqu'elle voulut savoir pourquoi, il prétendit que les Anglais allaient la prendre pour la vendre aux Turcs, qui à leur tour la tueraient pour nourrir leurs chiens. Elle savait bien qu'il mentait, elle savait que l'inspecteur britannique allait visiter les maisons susceptibles d'abriter des esclaves, en infraction aux décrets gouvernementaux. Une fois dans l'épaisseur des hautes herbes, elle découvrit des centaines d'esclaves qui s'y cachaient déjà, persuadés pour la plupart que les Anglais leur voulaient du mal, appliquant le dicton des maîtres : « Un esclave auprès de son maître est mieux que libre et livré à lui-même. » Et en effet, ils avaient peur que les Anglais ne les abandonnent à leur nouveau sort. Que feraient-ils de cette liberté, comment trouveraient-ils de quoi boire et manger, où dormiraient-ils la nuit, eux qui ne possédaient ni terre, ni demeure, ni travail ? Ils seraient une proie facile pour les loups, les serpents, la faim et la maladie. Et puis, de nombreux maîtres avaient juré à leurs esclaves qu'ils ne les reprendraient pas si les Anglais quittaient le pays après les avoir libérés, comme étaient partis avant eux les Turcs, pourtant plus forts que les Anglais. Ils leur rappelèrent comment le Mahdi – béni soit-il – avait rendu à leurs maîtres les esclaves affranchis par les Turcs, après avoir battu ces mécréants, comment certains maîtres en colère avaient tué tous les esclaves revenus chez eux en les brûlant vifs. Ils assurèrent que le Mahdi reviendrait, qu'il n'était pas mort mais seulement parti quelque temps à La Mecque et qu'il en reviendrait bientôt accompagné d'une armée d'anges.

Seule une poignée d'esclaves avait conscience de ce qu'était la liberté, et al-Touma en faisait partie. Elle leur dit qu'elle préférait l'enfer à ces maîtres sans pitié, pour elle, les Anglais valaient mieux que les Mahdistes, Lord Kitchener était meilleur que le Mahdi et son calife. Al-Touma fut la première à prendre la décision de se livrer aux Anglais. Elle sortit donc des herbes foisonnantes et respira l'air, qu'elle trouva pur pour la première fois de sa vie. Elle marcha jusqu'en ville, légère comme une plume, puis soudain elle se sentit courir, courir de toutes ses forces, à toute vitesse, les gens la regardaient passer comme un courant d'air, elle marcha devant de nombreux maîtres, sans les laisser passer, au contraire elle fendit la foule. Elle passa devant des esclaves en train de travailler, sans se soucier d'eux, elle passa aussi devant des Anglais et leurs familles sans les regarder, puis devant des Indiens occupés à tirer une carriole dans laquelle se trouvait un vieil Anglais, elle passa devant un tas de gens, des Bédouins, des commerçants, d'anciens soldats en déroute, elle alla jusqu'au bureau de l'administration et se planta devant le premier Blanc qu'elle croisa, et elle lui dit à bout de souffle : « Je suis libre ! »

Ce jour-là, les Anglais sortirent des roseaux qui poussaient dans le lit asséché de la rivière al-Gash et des marais environnants pas moins de mille hommes et femmes, ainsi que des centaines d'enfants. Ils leur dirent : « Vous êtes libres. » Beaucoup se mirent à pleurer de joie, mais d'autres pleuraient par peur de l'avenir, de cette liberté sans encadrement. Cette peur devint particulièrement sérieuse et patente le 6 mars 1925, lorsque les propriétaires d'esclaves Ali al-Mirghani, al-Sharif Youssef al-Hindi et Abderahman al-Mahdi remirent un mémorandum au chef des services de renseignement britanniques, dans lequel ils demandaient au gouvernement de reconsidérer la liberté offerte aux esclaves du Soudan, voire d'exclure les esclaves soudanais des traités internationaux garantissant leur liberté, de conserver leur statut à tout jamais, car c'était là ce qui leur convenait le mieux. Les trafiquants et les propriétaires d'esclaves firent circuler une rumeur selon laquelle le gouvernement britannique avait répondu favorablement à ces dignitaires religieux, affirmant que très bientôt tous les esclaves leur seraient rendus, ce qui poussa de nombreux affranchis et leurs familles à fuir vers l'Éthiopie.

Un homme répondant au nom de Faragallah Wad Milina, esclave soldat au service du gouvernement, semblait avoir pensé à son avenir. Depuis quinze ans, il prélevait, ou plus précisément volait une partie de l'argent soutiré aux commerçants et aux paysans, que ce soit pour la zakat, la dîme ou les pots-de-vin, qu'il enfouissait dans une grotte du mont Toteil. Il avait amassé une bonne quantité d'or et de riyals d'argent, assez en tout cas pour devenir l'un des notables de la ville. Après avoir été affranchi, il acheta des vaches et des chèvres, une grande maison composée de vastes pièces aux murs de terre et dotée d'une charpente en troncs de palmier, exactement comme les demeures des maîtres d'autrefois. Si l'esclavage avait encore eu cours, il aurait acheté deux ou trois serviteurs ainsi que de nombreuses concubines. Il avait été un esclave remarquable au service de l'État, il recevait une solde militaire et jouissait d'un certain pouvoir. Il avait été affranchi lors de la chute de l'État mahdiste, et si le nouveau pouvoir n'avait pas interdit la servitude, il n'aurait jamais pensé à devenir autre chose qu'un trafiquant d'esclaves. Le soldat retraité fut séduit par la beauté d'al-Touma, il l'avait toujours désirée mais il n'avait pu rivaliser avec ses maîtres, maintenant il se présentait à elle et lui proposait de l'épouser selon les règles de Dieu et de son prophète, comme le faisaient ses maîtres. L'idée lui plut à elle aussi, et les autres anciennes esclaves l'aidèrent à se préparer pour les noces. On leur avait déjà confié cette tâche dans le passé, grâce à leur expérience elle devint ainsi aussi belle, aussi rayonnante et aussi élégante qu'une princesse, on la parfuma avec les meilleures essences, chose qui leur était interdite du temps de l'esclavage, elle porta de l'or, de l'argent, une robe bleue et un foulard indien, pour la première fois aussi elle porta des chaussures neuves et de la soie. On ne parlait plus que d'elle en ville, les gens disaient avec jalousie : « Voilà ce que sont devenus les serviteurs et les esclaves. »

Certains ne reconnaissaient pas cette liberté que les Anglais avaient offerte aux esclaves, ils la considéraient comme précaire et illégale, car selon eux l'islam lui-même n'avait pas interdit l'esclavage, pas plus que l'usage des concubines, il avait été pratiqué par le vénérable État mahdiste, et avant lui par le sultanat Bleu, où même les vertueux serviteurs de Dieu possédaient des centaines d'esclaves, alors comment ces mécréants d'Anglais pouvaient-ils interdire ce que Dieu avait permis à ses serviteurs ? Et puis, qu'allaient faire les affranchis de leur liberté ?

Avec le temps, le concept d'esclavage évolua, si bien que l'esclave le restait toute sa vie, peu importe que les Anglais l'aient libéré ou que son maître l'ait affranchi. La qualité d'esclave se transmettait de père en fils, pire même, certains anciens maîtres frappaient leurs ex-esclaves à coups de bâton afin de les ramener à l'obéissance. Des concubines préféraient rester de leur plein gré auprès de leurs maris, qui en étaient les maîtres légaux selon la charia. D'autres maîtres, rendus fous par la perte de leurs serviteurs, désignaient comme esclave toute personne qui avait la même couleur de peau ou la même stature que leurs anciens sujets. Ainsi, un homme originaire du sud du pays, qui travaillait comme secrétaire à l'administration, avait tué deux hommes parce que l'un d'entre eux l'avait traité d'esclave. Il parvint à fuir et à se cacher dans la forêt voisine, tirant dès lors sur quiconque s'approchait de sa forêt. Cela plut assez aux Anglais, c'est pourquoi ils n'envoyèrent pas leurs soldats le capturer afin qu'il soit condamné pour son meurtre, ils voulaient donner une bonne leçon aux gens, leur faire comprendre que le temps où le monde se divisait entre maîtres et esclaves était révolu. Les gens devaient comprendre les exigences de la nouvelle époque, et vivre avec leur temps.

En octobre 1933, al-Touma mit au monde une jolie petite fille qui avait le teint de son grand-père, le Bédouin, et la taille de son père, le tout agrémenté des traits d'une majestueuse princesse nubienne. Son père, Faragallah, lui donna le nom de sa mère, al-Taya. En 1956, al-Taya épousa un homme appelé Khidir Ibrahim Khidir. Si ses origines restaient obscures, les gens considéraient toutefois qu'il était soudanais, malgré sa peau claire. En octobre 1963, elle lui donna un fils qu'ils appelèrent Ibrahim, et dix ans plus tard elle lui donna une fille qu'ils appelèrent Amal. C'est Amal qu'accompagnait Ibrahim Khidir dans le bus lorsqu'il fut arrêté à l'entrée de Khartoum, au check-point de Soba, pour effectuer son service militaire, c'était elle qu'il devait emmener à l'université et aider à trouver un logement.

Ibrahim commença très tardivement à prendre

conscience de sa véritable origine sociale, car ses parents avaient coupé tous les liens avec leurs propres parents et les autres membres de la famille qui conservaient encore clairement les traits physiques caractéristiques de ces tribus venues des quatre coins du Soudan, emmenées de force par les caravanes des trafiquants, des familles connues partout à Kassala. Son père allait jusqu'à appeler « nègre » quiconque avait la peau bien noire ou des traits manifestement africains, il racontait aussi des légendes à propos de ses origines bédouines et des esclaves que ses ancêtres auraient possédés, des caravanes de son grand-père qui parcourait la savane pour capturer hommes, femmes et enfants. Mais Ibrahim ne croyait plus guère à ces racontars, il avait mûri et n'avait plus honte de ses origines que tant de gens dénigraient et qui lui avaient été révélées par sa grand-mère al-Touma en personne. Elle lui avait dit que son père affabulait, alors il s'était mis sérieusement à rechercher les origines de ses aïeules, capturées puis vendues sur les marchés d'esclaves, en s'aidant des souvenirs de sa grand-mère al-Touma. Pendant qu'il étudiait à la Faculté des Lettres de l'université de Khartoum, il passa beaucoup de temps à éplucher les archives nationales et les revues scientifiques sérieuses telles que les *Sudan Notes and Records*. Il ne rejetait aucunement la responsabilité sur lui-même, ses parents ou ses ancêtres, le seul responsable était le régime arriéré de cette époque révolue, tandis que ses ancêtres, qui étaient faibles, étaient tombés entre les mains de gens sans pitié et d'un État qui tirait ses principaux revenus de la vente de ses propres sujets sur les marchés d'esclaves, locaux et étrangers. À cette époque, l'État était même le principal pourvoyeur d'esclaves. C'est pourquoi

Ibrahim Khidir détestait l'antique sultanat Bleu et le considérait comme la source des problèmes identitaires au Soudan, il avait coutume de dire sans détour que ce sultanat n'avait aucun trait de civilisation particulier, que ce n'était qu'une association de marchands d'esclaves, et que lorsque son commerce périclita et que le temps passa, qu'il fut assiégé par la civilisation européenne, il disparut de l'Histoire pour tomber aussitôt aux oubliettes. Il savait bien que son jugement était sévère, mais il n'avait pas le choix, il ne pouvait approuver ou se montrer neutre, car l'Histoire n'était faite que des observations consignées par les hommes, et l'on a le droit en tant qu'humains de ne conserver de l'Histoire que ce qui nous concerne, on a le droit aussi de ne pas croire ceux qui l'écrivent, il n'y a pas de vérité absolue dans ce qui est consigné, rien n'est plus vrai que ce que l'on voit de ses propres yeux, ce que l'on ressent, ce pour quoi on souffre tous les jours, voilà le malheureux héritage laissé par l'esclavage.

Sa sœur Amal n'avait pas la même perception des choses, au contraire elle restait volontairement dans le déni, elle avait gobé la leçon que lui avait inculquée sa famille. Elle pensait sérieusement que la famille de ses grands-parents possédait des esclaves, et que ces maudites grands-mères à la peau si noire n'étaient que le résultat de cette tolérance bien connue de la société soudanaise depuis des temps immémoriaux. Elles faisaient désormais totalement partie de la famille, mais Amal s'identifiait à son grand-père bédouin, elle en avait hérité de nombreux traits, à l'exception de son beau nez africain et de sa silhouette digne des reines de Koush. Son grand-père bédouin était issu d'une tribu ayant migré récemment de la péninsule arabique vers l'est du Soudan – voilà comment elle se rassurait lorsqu'on abordait la douloureuse question de l'identité.

Amal n'eut pas trop de peine à s'en sortir après avoir été séparée de force de son frère. Elle avait appelé son père, qui était venu la chercher en personne pour l'inscrire à l'université. Il lui avait trouvé un logement estudiantin, elle évita autant que possible de loger avec des étudiantes originaires de Kassala, ou avec des connaissances, car elle voulait commencer à écrire une nouvelle page de sa vie. Elle tourna cette page, ou plus exactement cette page se tourna d'elle-même lorsqu'un réalisateur d'émissions télévisées l'aperçut par hasard lors de la fête de sa promotion. Il avait été invité pour filmer la fête en question, et il lui demanda aussitôt de tenir un petit rôle dans un sketch retransmis à l'occasion du Ramadan, puis elle fut repérée par un célèbre directeur d'une chaîne satellitaire, aussi dévot qu'amateur de beauté, qui saisit immédiatement qu'elle ferait une bonne présentatrice – il suffirait de corriger un peu son nez, de lui éclaircir la peau et de lui apprendre quelques trucs, se dit-il, fort de son désir et de son expérience. « Elle est surprenante », avait-il ajouté en crachant une grosse boulette de tabac sur le sol.

Son père ne fut pas très heureux de voir sa fille devenir une célèbre présentatrice, cela allait faire jaser car bien des gens étaient envieux et jaloux, ne cherchant qu'à dénigrer les autres par tous les moyens. La célébrité de sa fille allait certainement mener sa famille en enfer, ce dont il avait toujours tout fait pour la préserver. En vérité, il était triste depuis que son fils avait été envoyé vers l'inconnu, vers le front, il n'avait plus eu de ses nouvelles, à part une seule très longue lettre que lui avait fait parvenir la Croix-Rouge internationale. D'ailleurs ce ne fut que grâce à cette missive qu'il avait appris que son fils était prisonnier de guerre, il ne savait rien d'autre. Est-ce que sa fille devenue célèbre pourrait lui rendre le fils qui lui avait été enlevé ?

Il se posa cette question dix ans et deux mois après la disparition d'Ibrahim Khidir Ibrahim, et deux ans exactement après que sa jolie fille Amal fut devenue une vraie célébrité sur les ondes satellitaires, la première présentatrice de la chaîne, en particulier depuis qu'elle était revenue de France où elle avait subi une opération de chirurgie esthétique dont le prix exorbitant avait été payé par son employeur. À dire vrai, son père avait dû la regarder à plusieurs reprises pour se rendre compte que c'était bien sa fille, Amal, il se demandait comment ils avaient pu lui faire ce long nez si étrange, pareil à celui d'une Française, ainsi que ces yeux bleus comme l'océan. Le seul vestige de son ancien visage était ses lèvres charnues.

Ni ses parents, ni sa sœur n'avaient oublié Ibrahim, il résonnait dans leur conscience comme la sonnerie d'un réveille-matin depuis qu'il avait disparu. Sa famille s'était pourtant démenée pour le retrouver, mais en vain, c'étaient des gens simples, sans relations dans le monde politique ou dans les affaires, ni dans l'armée, ils avaient frappé aux portes des bureaux de recrutement militaire, on leur avait systématiquement répondu qu'il était vivant et qu'il reviendrait une fois son service terminé. Et passé la période légale, ils dirent qu'il attendait son remplaçant, répétant ce prétexte indéfiniment.

Le Verbe

— Le Verbe ne vient pas à vous, mes amis, c'est à vous d'y prêter attention, à vous de le choisir parmi tant d'autres paroles, pour ceux qui peuvent le voir il est lumineux, il brille comme un joyau, voire comme le soleil dans les cieux, mais pour ceux qui ne voient pas c'est comme une goutte d'eau douce dans l'océan, or moi je suis ici pour le Verbe et pour rien d'autre, pour vous en parler, pour vous l'offrir comme une récompense, pour vous unir à lui, pour l'offrir aux amoureux, je vais vous le chanter comme l'eau du fleuve, le danser comme une vague, prier pour lui dans les dunes nobles et chaleureuses, le Verbe est votre vie et votre mort, la voie de l'amour et de la haine.

Il dit :

— Ceux qui croient en moi ne me voient pas, ceux qui ne croient pas en moi sont ceux qui me connaissent le mieux.

Il nous dit encore :

— Ne faites pas de moi une idole que vous adoreriez, car moi je ne fais de vous ni des seigneurs ni des dieux.

Et encore ceci :

— Vous en savez plus que moi à tout propos, vous avez plus de science que moi en toute chose. Vous êtes plus proches que moi de tout, pour ce qui est de l'amour vous êtes comme une flamme à la surface du soleil. En ce qui me concerne, chers adorateurs du soleil, ne croyez pas en moi, et ne me rejetez pas non plus, gardez-moi en mémoire.

Il me dit aussi :

— Ibrahim, n'ouvre pas les yeux comme tu ouvres ton cœur, ouvre-les ainsi à l'univers.

Puis il ouvrit grand les bras, et nous les vîmes contenir le monde entier, mon cœur, mes yeux, son cœur et ses yeux.

Il dit à ses disciples :

— Le monde est un peu plus étroit que vos rêves, et aussi plus ample que vos rêves, c'est comme une torche cachée dans un arbre, comme l'arbre caché derrière le rocher, comme le rocher dans le cœur : lourd, lisse et brillant, éprouvez la vérité car elle est trompeuse.

Lorsqu'ils sortirent de la grotte, on aurait dit des moutons qui n'auraient pas vu de pâturages depuis de longues années, qui auraient gardé en mémoire le souvenir alléchant d'une herbe verte, lointaine et rare. Ils se languissaient de revoir leurs huttes, leur village, l'eau douce de la rivière, ils ôtèrent leurs vêtements et se jetèrent dans l'eau, hommes, femmes et enfants, au même endroit, depuis la même rive, dans la même eau, avec la même nudité. Ils nageaient et jouaient comme des dauphins ensorcelés, comme des poissons habités par l'esprit de Satan : comme des enfants.

Lorsqu'il posa le premier pied dans l'eau, cela lui fit le même effet que lorsqu'un enfant pose son pied dans l'eau, cela lui parut plus apaisant que la contemplation d'un tableau, plus pur que le cœur d'une femme aimante, plus beau que son propre reflet dans un miroir, poli, tiède, au parfum du jasmin, et comme ils s'y étaient habitués ils continuèrent de jouer, de rire et de boire l'eau, de chanter à pleins poumons, ils venaient de différentes régions, de différentes tribus, ils avaient des traits physiques variés, des couleurs différentes, des visions du monde différentes : ils s'amusaient.

Il lui dit :

— Ne remplis pas ton cœur d'amour, ne le remplis pas de beauté, n'y dépose pas cette chose que l'on appelle la miséricorde ou le réconfort, car elle s'étend comme l'air chaud et remplit tout l'espace, ne te soucie pas de ceci et de cela, libère ton cœur de toute chose et d'aucune, jusqu'à ce qu'il soit vide comme le néant, alors seulement tu pourras y accueillir le Verbe, car le Verbe ne s'associe à rien et rien ne s'y associe, par contre s'il occupe ton cœur, il le remplit de tout.

Schizophrénie

Shikiri connaissait maintenant dans les moindres détails ce douloureux héritage, il en possédait toutes les clés. Il n'avait pas imaginé qu'Ibrahim portait en lui ce triste passé. Quant à Ibrahim, toutes ces histoires à propos de ses origines lui semblaient n'être qu'un morceau de légende, il n'en éprouvait aucune honte, il pouvait même dire que cela lui donnait de la force, de la confiance en lui. C'est avec respect qu'il considérait ces ancêtres ayant goûté à l'amertume de la privation. Certains n'avaient jamais vécu ne fût-ce qu'un jour de liberté, de la naissance jusqu'au tombeau, n'avaient jamais joui de la beauté de ce monde surprenant, n'avaient jamais réalisé un rêve, le plus modeste soit-il, ils avaient même été privés du droit de fonder une famille, puisque leurs maîtres possédaient jusqu'à leurs enfants, qu'ils vendaient comme bon leur semblait, quand ils le voulaient et à qui ils voulaient. Oui, à ses yeux c'étaient de véritables héros, des martyrs, dont il avait le droit d'être fier, tout comme quiconque ayant contribué à leurs malheurs avait le droit d'avoir honte, c'était bien la moindre des choses.

Pour en revenir à Shikiri, il semblait préoccupé, empêtré dans ses tourments, il était persuadé que l'imprudence de son épouse, Abderahman, allait le plonger dans des problèmes sans fin, tous deux étant désormais inexorablement mêlés à la guerre. Il était devenu le chef d'un bataillon, mais aussi l'un des combattants les plus terribles et les plus rusés, celui sur qui comptait Charon pour mettre en œuvre ses tactiques militaires. Quant à Abderahman, elle aussi prenait progressivement une place centrale dans le camp, depuis le jour où on l'avait vue déchirer ses habits pour revêtir un uniforme militaire, elle était devenue quelqu'un d'autre, cherchant le pouvoir et la domination par tous les moyens, usant de toutes les ruses. Il était évident qu'elle visait un poste élevé dans la direction du mouvement. Elle savait que chaque parcelle de pouvoir obtenue l'était au détriment de Charon, et ce dernier le savait aussi – l'acceptait-il, ou bien attendait-il le moment où Abderahman tomberait dans un piège de son cru, comme lorsqu'il menait la bataille ? En tout cas, il ne semblait guère perturbé par le pouvoir qu'elle était en train d'acquérir. Abderahman était une combattante féroce, intelligente et patiente, elle ne voulait ni mourir au combat ni être faite prisonnière, deux qualités essentielles pour remporter la victoire. Quant à Ibrahim Khidir, qui ne voyait aucun enjeu dans cette lutte secrète et violente, dans cette guerre où il s'était aventuré malgré lui, c'était son ami Shikiri qui le préoccupait. Ibrahim fit part de ses inquiétudes à Shikiri, lui faisant remarquer que son amour pour Abderahman était sans issue, qu'il y perdrait sans doute la vie, mais Shikiri, qui aimait Abderahman, commençait également à aimer le jeu de la guerre, il pensait qu'il n'y avait pas de juste milieu dans ce qui se passait dans la région, soit on combattait dans les rangs du gouvernement et des janjawids, soit on combattait aux côtés des Tora Bora. Il avait choisi son camp, au moins Abderahman y était-elle aussi.

L'automne passa lentement. Des négociations furent menées par des intermédiaires arabes entre le gouvernement et certains mouvements rebelles, dont celui dirigé par Charon, auxquelles Abderahman assista. Elle n'en attendait rien de positif, sinon l'occasion d'obtenir une trêve qui permettrait à chaque camp de se réorganiser et d'assurer l'approvisionnement militaire et sanitaire des combattants. Pendant ce temps, chaque partie tentait de miner le moral de l'autre. Charon considérait que dans cette guerre, le gouvernement et les janjawids avaient rempli 90 % de leurs objectifs, à savoir l'expulsion de 90 % des tribus du Darfour dans trois directions : les camps situés aux abords des grandes villes telles que Nyala, al-Fasher et al-Ginena où on leur avait construit des villages modèles financés par les États arabes et islamiques, le Tchad où ils se réfugiaient, et encore bien l'au-delà. Quant aux 10 % restants, soit ils vivaient comme des esclaves dans les villages contrôlés par les janjawids, soit ils attendaient leur tour pour mourir ou s'exiler, cédant ainsi leur place à des groupes de gens venus du Niger et du Tchad, issus de plusieurs tribus mais connus sous un unique et terrifiant surnom : les janjawids, ces djinns chevauchant leurs montures et armés de G-3, venus combattre dans la savane du Darfour.

Un beau jour, le camp fut réveillé par une altercation entre Marie-Madeleine et Abderahman. Elles s'insultaient vertement, et à entendre les invectives et autres injures échangées, on put facilement distinguer l'origine du problème. Abderahman accusait Marie-Madeleine de vouloir séduire son mari, Shikiri Toto Kuwa, prétendant même qu'elle les avait vus ensemble à plusieurs reprises. Marie-Madeleine quant à elle traitait Abderahman de traînée, l'accusant à grands cris de coucher avec les soldats pour mieux les convaincre de prendre son parti contre Charon. Et même d'appâter les janjawids en usant de ses charmes.

Qu'elles soient justes ou fausses, peu importe, ces accusations faisaient de la peine à Shikiri. Abderahman le lui avait d'ailleurs clairement fait comprendre, un jour qu'il l'avait soumise à un interrogatoire sur sa manière de capturer les janjawids : elle les combattait avec toutes les armes en sa possession, et son corps était bien l'une de ses armes, c'était même la plus féroce. Quant à sa vertu, les janjawids la lui avaient prise depuis longtemps. C'est pourquoi Shikiri doutait d'un quelconque rapprochement entre Abderahman et Charon, cependant les insultes de Marie-Madeleine éveillèrent tout de même une certaine crainte en lui, peut-être bien que dans sa course au pouvoir, Abderahman était prête à en arriver là. Quant aux insinuations à l'égard de Marie-Madeleine, accusée de vouloir séduire le mari d'Abderahman, elles étaient parfaitement justifiées. En effet, Shikiri et Marie-Madeleine avaient fait tout ce que peuvent faire deux adultes convaincus que la chair l'emportait largement sur la raison. Abderahman ne savait pas exactement jusqu'où ils étaient allés, mais elle était persuadée qu'il s'était passé quelque chose entre eux, ce qui suffit à faire éclater la dispute. Elle voulait garder Shikiri, même si elle ne savait pas si elle l'aimait vraiment ou si elle voulait simplement avoir un homme à ses côtés.

Charon mit un terme à la dispute en annonçant qu'il fallait se préparer à une attaque imminente, car on avait aperçu un avion tournoyer dans le ciel non loin du camp, un petit Antonov. Il volait très haut dans les airs, les chefs n'arrivaient pas à se mettre d'accord, fallait-il tirer un missile anti-aérien, ou bien s'agissait-il d'un avion civil ? Par précaution, les combattants se réfugièrent dans les abris, tandis que les batteries de tir se tenaient prêtes à recevoir les ordres. L'avion rappela à Abderahman les premiers jours passés au camp de Kilma, juste au sud de l'aéroport de Nyala. En entendant le vrombissement des avions, le soir, ou encore tôt le matin, les enfants pissaient dans leur pantalon, les ânes s'enfuyaient en dressant les oreilles et en relevant la queue à l'horizontale comme s'ils fonçaient à cent à l'heure, tandis que les poules et les coqs s'égosillaient comme si un renard rusé était entré dans le poulailler. Bien qu'elle fût à l'époque plus âgée que les autres enfants, Abderahman était elle aussi envahie par la peur chaque fois qu'elle entendait le vrombissement précédant une attaque aérienne, c'est pourquoi elle faisait partie de ceux qui estimaient qu'il fallait abattre l'avion s'il repassait près du camp, ou même plus loin, du moment qu'il était à la portée des batteries, car il se dirigeait certainement vers un village où il tuerait des enfants et incendierait des maisons qu'il réduirait en cendres en même temps que ses occupants. L'avion passa paisiblement, mais non sans provoquer une crise dans le camp car l'un des soldats avait envoyé un missile anti-aérien en direction de l'Antonov, sans toutefois l'atteindre, par chance ou par malchance. Il avoua qu'il n'avait pas pu contrôler ses nerfs, que chaque fois que passait un Antonov cela lui faisait le même effet que de voir un janjawid ou un scorpion, il fallait qu'il le détruise. Abderahman le soutint avec autant de conviction que Charon le réprimanda. Une petite réunion des chefs se tint pour faire le point sur la situation, mais des divergences commençaient à apparaître sur la manière de mener la guerre durant l'été qui s'annonçait, comme à propos de l'épisode de l'avion. Charon tenait à conserver la même méthode, c'est-à-dire ne pas attaquer frontalement l'ennemi mais le laisser venir là où on l'attendait et le prendre en embuscade. Mais cette tactique impliquait de pouvoir compter sur un ravitaillement depuis la ville, des collaborateurs dans les rangs de l'armée régulière ainsi que des espions dans les rangs des combattants, ça coûtait des hommes et de l'argent, et surtout ça ne menait pas toujours à la victoire et pouvait même avoir des conséquences désastreuses. Les soldats se souvenaient encore de moments pénibles, comme le jour où ils étaient tombés dans leur propre embuscade tendue aux janjawids, les exemples de ce genre ne manquaient pas.

Un nombre non négligeable d'officiers furent séduits par l'idée d'Abderahman, d'attaquer les janjawids dans les villages dont ils s'étaient emparés et de les incendier, en menant des raids avec un grand nombre de combattants et de Land Cruiser équipés de mitrailleuses, avant de se retirer aussitôt. Mais la commission finit par adopter le point de vue de Charon, car il avait plus d'expérience dans le domaine et savait ce qu'est une victoire aussi bien qu'une défaite, alors qu'Abderahman, qui n'avait jamais perdu de bataille, ignorait encore le goût de la défaite et de la mort – la guerre est une science difficile. Charon assurait que le bonheur de la victoire est de voir l'ennemi venir mourir là où on le désire. Ceux qui le connaissaient bien savaient qu'il lisait souvent les mémoires de Che Guevara, il possédait aussi un livre sur lui écrit par Fidel Castro, pour lui le Che était le messie des combattants, ses mémoires leur évangile. Cependant, comme il l'affirmait souvent, il ne croyait qu'à une partie du livre. Il aurait préféré qu'on le surnomme Guevara plutôt que Charon, même si cela lui rappelait son ami le martyr Abbakar Guevara, le premier à prendre conscience du danger que constituaient les janjawids, et aussi le premier à avoir pris les armes pour défendre les siens au Darfour. Il ne reprochait qu'une seule chose à Abbakar Guevara, comme d'ailleurs à beaucoup de combattants au Darfour, à savoir qu'il n'appréhendait qu'une moitié de la guerre, et qu'il en ignorait l'autre moitié. Il voulait dire par là qu'il ne comprenait pas comment cet homme qui avait combattu les rebelles dans le sud du pays – où il avait tué des enfants, des femmes et des vieillards, brûlé leurs villages sans pitié, considérant qu'il s'agissait là d'un jihad au nom de Dieu – était devenu du jour au lendemain un rebelle contre le gouvernement parce que son ancien employeur appliquait désormais les mêmes principes, les mêmes slogans, la même morale pour mener une guerre dans sa région à lui, en s'appuyant cette fois sur d'autres soldats. Peut-être tenait-il un raisonnement métaphysique difficile à comprendre dans le bruit des tirs et l'odeur de la poudre. C'est ce que Charon appelait la schizophrénie du spolié, qui ne parvient à appréhender qu'une partie de la réalité, qu'une partie des faits, et qui donc ne remplit qu'une partie de son devoir. Et ce comportement faisait peut-être plus de tort que de bien, car le révolutionnaire a besoin d'un cœur pur plutôt que d'une main puissante, s'il ne peut avoir les deux en même temps.

Il y eut un moment de confusion lorsque se diffusa dans le camp la nouvelle de l'attaque que préparaient les forces gouvernementales et les janjawids, une attaque qui en réalité avait déjà débuté avec le passage d'un avion de combat à très basse altitude, frôlant presque le sommet des montagnes comme un oiseau sauvage repérant une proie au ras du sol. Son vrombissement était dérangeant, effrayant même, il lâcha deux bombes sur la plaine du sud, mais son objectif était la plaine centrale, là où se trouvaient la source du lac et la ville. Il ne fallait pas plus de deux secondes à ce redoutable engin chinois pour parcourir la distance séparant ces deux points, mais souvent les pilotes rataient leur cible à cause de la peur, d'une baisse de moral ou de la perte de l'élan révolutionnaire, plutôt que du fait de l'imprécision de l'appareil. Avant que l'engin ne passe une seconde fois, ce à quoi les pilotes se risquaient rarement dans un endroit comme celui-là, tout le monde était en alerte. Charon fit libérer les prisonniers pour qu'ils ne soient pas bombardés dans leur prison sans avoir eu l'occasion de se sauver, et parce qu'il ne leur faisait pas non plus suffisamment confiance pour les enrôler dans ses propres unités de combat, car la seule chose à laquelle pense un prisonnier c'est la fuite – quiconque imagine autre chose serait bien imprudent, un qualificatif qui ne convenait guère à Charon. C'était la première fois de sa vie qu'il libérait des prisonniers, mais c'était aussi la première fois que le gouvernement osait s'en prendre à son camp. « Vous êtes libres, mais éloignez-vous de mon armée, partez où bon vous semble, et assurez-vous bien que je ne vous capture pas une seconde fois. »

Les prisonniers pensèrent qu'il avait une idée derrière la tête, sachant bien que Charon n'entreprenait jamais rien qui ne soit exactement calculé. Lorsqu'il les abandonna pour s'occuper d'autre chose, ils furent tellement surpris qu'ils ne surent que faire, et après une courte discussion ils s'enfuirent tous ensemble vers le nord. S'il y avait une offensive terrestre elle viendrait forcément de l'ouest, car le sud et l'est étaient truffés de mines, alors que le nord était une région montagneuse difficile à franchir, or ils ne voulaient pas être capturés par les assaillants qui les prendraient pour des ennemis et les tueraient sur-le-champ. Lorsqu'ils se dirigèrent vers les montagnes, parmi les arbres, ils étaient vingt, mais ils furent bientôt vingt et un : Ibrahim Khidir les avait rejoints, il n'attendait que cette occasion, il en avait rêvé même, il les avait un peu devancés mais comme il ignorait la nature de la région il était resté caché, et lorsqu'il avait vu les prisonniers il avait décidé de les suivre.

L'araignée

Très peu de gens connaissent le village montagneux de Khourbati, même parmi ceux qui sont nés, ont grandi et sont morts dans la province du Darfour. C'était un petit village situé dans une région rocailleuse au sud du Djebel Marra, ses quelques habitants cultivaient la mangue, l'oignon et un tout petit peu de sorgho pour leur consommation journalière. La mangue était leur aliment de base, ils en cultivaient d'ailleurs une espèce particulière qu'on appelle la mangue de la montagne, elle est rare, assez grosse, chère et très sucrée, avec un tout petit noyau, elle n'est pas trop fibreuse et ne se gâte pas facilement. Des commerçants venus de l'autre bout du Darfour leur en achetaient pour l'exporter à Khartoum du mois de mars au mois de mai, tandis qu'ils vendaient leurs oignons sur le marché local. Pour boire et pour abreuver leurs bêtes, ils dépendaient de l'eau des jammamât, un réseau de cours d'eau souterrain alimenté par la seule rivière qui descend de la montagne et traverse les vergers de manguiers. Khourbati jouissait donc d'une terre fertile où poussaient des herbes saisonnières en quantité, et pourtant, malgré cet environnement idéal, les habitants du village ne disposaient pas de grands troupeaux. Le cheikh de Khourbati était un homme bon, un être pacifique et pieux, convaincu que les hommes partagent trois choses : l'eau, le feu et les pâturages.

L'été 1988, quarante-cinq jours avant les premières pluies, des Bédouins arrivèrent au village, il n'était pas rare de les voir traîner de temps à autre autour de leurs terres pour tracer la démarcation des pâturages destinés à leurs bêtes. Les Bédouins aperçurent le cheikh et un groupe d'hommes en train de faire rôtir de la viande d'une hyène bien grasse que l'un d'entre eux avait chassée. Ils semblaient satisfaits, chacun mangeant cette viande pour une bonne raison : selon les uns elle soigne la chassie et la cécité nocturne, selon les autres elle guérit de la frigidité et favorise l'éjaculation, pour d'autres encore c'est un remède efficace contre la stérilité et l'arthrite. En plus, la viande d'hyène est utilisée dans la magie : si un homme en fait couler un peu de graisse sur son nombril, il lui pousse une petite queue – mais heureusement, personne ne s'est jamais aventuré à tester cette recette. Ils en étaient à discuter de tout cela sans prêter grande attention à l'arrivée des Bédouins, jusqu'à ce que ces derniers les saluent :

— Que la paix soit sur vous.

Tous répondirent alors à l'unisson, tout en mâchant la viande d'hyène :

— Que la paix soit sur vous également, ainsi que la grâce de Dieu et ses bénédictions. Approchez-vous s'il vous plaît.

Les Bédouins de la tribu des Bani Hassan reconnaissaient deux autres vertus à cette viande, mais comme ils étaient pressés ils n'en mentionnèrent qu'une, la plus importante : le berger qui mange de l'hyène peut être assuré qu'aucune ne viendra plus dévorer ses bêtes.

Les villageois s'empressèrent d'honorer leurs invités, la nourriture était abondante cet été-là, et il y avait encore du monde au village, seuls les jeunes étaient partis chasser le hérisson, mais on n'en était pas encore à préparer sérieusement le travail agricole, qui allait bientôt occuper l'essentiel de leur temps. En cette heure tardive de la journée, la plupart des hommes se trouvaient au diwan, une grande pièce située dans la vaste cour de la maison du cheikh Adam Kouya, c'est là qu'on priait, célébrait les mariages et passait les périodes de deuil, là qu'on discutait et qu'on fixait le prix des mangues. S'il n'y avait eu ce festin de viande d'hyène, ils auraient tous été en train de jouer au dâla sous le grand manguier surnommé « arbre du conseil ». On n'égorgea pas de bête car le troupeau était loin, mais on rassembla à la hâte quelques assiettes et plats de nourriture que vinrent apporter les jeunes et les enfants, en plus de la viande d'hyène et de sa succulente graisse – c'était là un repas acceptable et généreux de toute façon.

Le plus âgé des Bédouins prit la parole, il était à la fois sage et affable, il parla des bonnes manières des gens de Khourbati, de leur art de gérer les crises – il faisait allusion au fait que ces derniers avaient pardonné aux Bani Hassan le meurtre de l'un des leurs, suite à une dispute à propos des pâturages, mais aussi au fait qu'ils leur avaient offert du sorgho lors de cette année de sécheresse où ils en avaient eu tant besoin. Puis il ajouta qu'ils désiraient entretenir plus que des relations de voisinage temporaire et des contacts occasionnels. Leurs pâturages avaient en effet diminué en raison des sécheresses successives, en particulier durant la terrible période de 1983 à 1985, lorsqu'ils avaient perdu 90 % de leur cheptel. Leur mode de vie s'en trouvait affecté, et ils devaient se mettre à l'agriculture, fût-ce de manière limitée, pour produire assez de nourriture pour eux-mêmes et de fourrage pour leurs bêtes en été. Leurs fils apprendraient un nouveau métier pour survivre, ils demandaient donc aux gens de Khourbati de leur céder quelques terres agricoles pour qu'ils puissent cultiver du sorgho. Ils ne demandaient pas une grande surface, moins de mille feddans de leurs terres les moins fertiles, délimitées par les arbres, le fleuve et le désert.

Bien sûr, le cheikh de Khourbati les pria de revenir un autre jour, il leur donnerait alors sa réponse après avoir tenu conseil et interrogé le Shartay, le conseil des cheikhs, tout cela pour le bien de tous.

Adam Kouya était le cheikh de Khourbati. À la simple mention de ce nom, tout intellectuel gratterait son crâne chauve, écarterait d'une main tremblante ses rares cheveux et réfléchirait un peu avant de déclarer : « Ce nom est une déformation de *ghourbati*, l'exil. Comme les gens de la région ne savent pas prononcer le son *gh*, ils le remplacent par un *kh*, c'est pourquoi ils disent Khourbati. » Mais la réalité était tout autre. À l'origine, il s'agissait de la combinaison de deux mots, *khor* – le fleuve – et *biti* – qui ne signifie pas « ma fille » comme dans de nombreux dialectes du Soudan, mais qui est le nom d'un faki, un savant religieux, le premier à s'être installé à cet endroit. Le faki Biti Haroun était le grand-père du cheikh Adam Kouya, lui-même père de notre Abderahman et de ses frères, Haroun, Ishaq, Moussa, et de leur grande sœur Maryam. C'était un homme généreux et pieux, c'était lui qui dirigeait la prière dans le diwan évoqué, qui servait donc également de zawiya. Il exerçait en même temps les rôles de notaire, de faki et de juge, tout le monde le connaissait dans la région, et il occupait une place particulière au Shartay de la ville de Kaas, il transmit donc la demande des Arabes au Shartay, qui sollicita l'avis des cheikhs de la région. La réponse fut la suivante : la majorité d'entre eux voyaient d'un mauvais œil la requête des Arabes, ils soupçonnaient une ruse pour mettre la main sur leurs terres dont ils s'empareraient durablement et dont hériteraient ensuite leurs enfants. Là résidaient probablement les racines d'un conflit à venir, mais d'autres pensaient que rien de tel ne se produirait, que les Arabes avaient beaucoup souffert de la sécheresse et que cela avait une influence sur toute la région, car on avait besoin d'eux autant qu'ils avaient besoin des agriculteurs. Si on refusait leur demande, cela pouvait conduire à la guerre, car lorsque leurs animaux ont faim, les Arabes n'ont d'autre choix que de prendre les terres agricoles pour pâturages, ce qui allait causer des morts. Le Shartay, qui écoutait, analysait et soupesait chaque avis, considéra que les deux opinions étaient valables. Il demanda donc au faki de Khourbati d'attendre qu'il ait pris conseil auprès du roi des Massalit, à al-Ginena, puis auprès du roi des Dajo au mont Oum Kardous, et enfin auprès du roi des Zaghawa à Shengli Toubay. Le Shartay apporterait sa réponse avant l'automne, soit bien à temps. On envoya donc des émissaires auprès des sultans de Kare, de Dango, de Fangaro, de Bana, de Baya, de Fougi et de Chala, ainsi qu'aux rois des Birgid, des Tounjour, de Mima et des Mousabbat, à l'est du Djebel Marra. Ainsi qu'aux Mararait, aux Awra, aux Simyar, aux Gimir, aux Tama, aux Jabalawiyyin, aux Ab Darag, aux Jouja et aux Asmour dans l'ouest et le nord-ouest, aux Zaghawa de Kaba et aux

Maydoub dans le nord et le nord-est, aux Bigo et aux Runga dans le sud et le sud-ouest.

Le Shartay voulut aussi consulter les tribus d'éleveurs arabes qui s'étaient installées dans la région par le passé et qui étaient devenues une partie indissociable du territoire, des amis utiles même, comme les Habbaniyya, les Rizeygat, les Misiriyya, les Fallata, les Ta'aysha, les Bani Halba et les Ma'aliyya dans le sud du Darfour, les Mahariyya et les Bani Hassan dans l'ouest.

On envoya comme émissaires de jeunes cavaliers, on expédia aussi des lettres via les camions qui traversaient les villages, passant au nord comme au sud, enfin quelques messagers à dos de chameau chez les rois zaghawa qui habitaient au nord, aux confins du désert, et d'autres à dos d'âne auprès des rois qui résidaient à moins de deux jours de marche.

Les réponses arrivèrent l'une après l'autre, à des moments différents, en fonction de la distance qui séparait toutes ces tribus du Shartay. Presque toutes étaient positives, à l'exception de celle d'une tribu arabe, qui émit une réponse sans équivoque à l'égard des Bani Hassan en raison de leur profonde inimitié envers eux, au point de vouloir répandre leur sang. Mais le Shartay ne prit pas leur opinion en considération car il savait bien que les deux tribus s'étaient livré de nombreuses guerres, qu'elles avaient perdu le meilleur de leur jeunesse dans des batailles futiles et sans cause logique. Il annonça donc aux cheikhs des Bani Hassan et au cheikh de Khourbati qu'ils devaient se préparer à fêter leur nouvelle qualité de voisins, il leur fit parvenir pour l'occasion un imposant exemplaire du Coran afin qu'ils puissent prêter serment.

Deux semaines plus tard, les cheikhs des Bani

Hassan arrivèrent, ils sacrifièrent de nombreuses chamelles puis ils firent le serment de vivre en bon voisinage, de s'entraider en cas de coup dur et de ne pas se montrer hostiles, ils jurèrent aussi qu'en cas de différend qu'ils ne parviendraient pas à résoudre entre eux ce serait le Shartay qui trancherait.

Pour prouver sa bonne volonté, le chef de la tribu des Bani Hassan était accompagné de sa plus jeune fille et de dix autres filles de cheikhs qu'ils offrirent en mariage aux notables de Khourbati. En contrepartie, les gens de Khourbati sélectionnèrent douze jeunes filles qu'ils marièrent aux notables des Bani Hassan, tout cela fut l'occasion d'une grande fête qui dura une semaine entière, durant laquelle tous dansèrent au rythme des tambours des Bani Hassan et des percussions traditionnelles des Four. À la fin, ils prièrent Dieu de bénir ce nouveau voisinage et de leur donner la victoire contre leurs ennemis, maintenant qu'ils étaient liés par le sang.

Il était nécessaire d'entrer dans les détails de cette longue histoire afin de bien comprendre combien l'affaire s'avéra difficile pour le responsable gouvernemental venu visiter, vingt ans plus tard, cette tribu arabe des Bani Hassan. Il leur donna des armes, des munitions et des instructeurs, comme il l'avait déjà fait avec des dizaines d'autres tribus arabes, et il leur demanda de se défendre contre les exactions des tribus noires. Ils lui demandèrent :

— Mais qui sont ces Noirs ?

Il leur expliqua qui étaient les Noirs, ce qui les rendit confus car tous les adjectifs utilisés pour les décrire correspondaient parfaitement à chacun d'entre eux. Alors il avança un autre argument pour les convaincre : les tribus des Four, des Zaghawa, des Massalit et des Dajo auraient développé un plan secret pour se débarrasser des Arabes au Darfour et diviser la région en trois petits États, à savoir le grand royaume des Zaghawa, qui comprendrait toutes les branches de la tribu des Zaghawa et qui s'installerait dans le nord du Darfour, avec le soutien du Tchad ; le Darfour proprement dit, qui comprendrait les Four, les Tounjour, les Kanjara et les Dajo, et qui se situerait au centre et au sud, soutenu par Israël ; enfin le Dar Massalit, qui se préparait à la sécession depuis 1919 pour créer un État à l'ouest du Darfour, soutenu par la Libye. Où allaient se retrouver les Arabes dans tout ça ?

Ils lui répondirent qu'ils n'avaient jamais entendu parler de ces États, que personne ne leur avait jamais demandé de quitter leur territoire ni ne les avait combattus, que les exactions étaient commises par toutes les tribus du Darfour sans exception, et qu'enfin ils ne désiraient pas recevoir d'armes ni d'entraînement de défense populaire. L'émissaire du gouvernement leur dit que s'ils refusaient de prendre les armes, eux qui occupaient une position stratégique pour le gouvernement central, ils devraient soit partir pour le sud, soit accueillir des tribus arabes arrivées récemment des pays voisins. C'étaient leurs lointains cousins, des éleveurs de chameaux qui n'hésiteraient pas quant à eux à prendre les armes et à combattre le projet séparatiste des Noirs. Mais la meilleure option était qu'ils s'en remettent à Dieu, qu'ils acceptent les armes et que leurs jeunes suivent un entraînement militaire que dispenseraient deux experts qui resteraient au village.

Ils savaient parfaitement que s'ils acceptaient les armes ils deviendraient des combattants comme bien des tribus tombées dans le piège avant eux, qu'on les pousserait à attaquer leurs voisins avec lesquels ils cohabitaient depuis des siècles. Lorsque les cheikhs et les hommes les plus âgés refusaient, le gouvernement remplaçait les instances de pouvoir traditionnelles, héritées depuis des générations, par des chefs plus jeunes qu'ils nommaient princes. Ces derniers étaient soumis à des entraînements psychologiques et militaires très sévères à Khartoum, puis ils revenaient auprès de leurs tribus avec une nouvelle manière de penser, ils ne pensaient plus qu'à la guerre et ne craignaient plus que le danger que représentaient les Noirs. Les cheikhs des Bani Hassan ne voulaient pas devenir comme ces tribus-là, qui étaient perdantes dans l'affaire : non seulement c'en serait fini du bon voisinage et de la jeunesse, mais ils se retrouvaient en plus la cible des attaques menées par les rebelles issus des tribus visées par le gouvernement. Pire, ces tribus entraient en conflit avec d'autres groupes d'Arabes armés qui avaient pillé les terres, les ressources et les troupeaux de leurs voisins. Le cheikh répondit donc à l'émissaire du gouvernement :

— Nous ne voulons ni l'un ni l'autre.

La délégation gouvernementale s'en retourna donc avec ses armes et ses experts, mais deux semaines plus tard arrivèrent des hommes à dos de chameau qui s'avérèrent plus tard être des janjawids. Ils avaient avec eux de grandes quantités d'armes, des Land Cruiser de combat ainsi que de nombreux experts militaires. Ils s'installèrent de force chez le chef de la tribu des Bani Hassan, accompagnés d'un jeune prince, un moudjahid, un combattant de Dieu qu'on n'avait jamais vu auparavant, dont on ignorait le nom comme la tribu.

La semaine suivante, le village de Khourbati était méconnaissable. Il n'était plus que cendres et cadavres calcinés, les vergers de manguiers avaient été brûlés, les femmes et les filles qui avaient survécu avaient été violées, les forces gouvernementales et quelques organisations caritatives les avaient emmenées au camp de Kilma, à Nyala, il y avait parmi elles une jeune fille de quinze ans, retrouvée vivante au milieu des cadavres des membres de sa famille, elle déclara au personnel de l'ONG qu'elle s'appelait Abderahman. Quant aux hommes et aux jeunes garçons, on les avait laissés au village, dans d'énormes et horribles fosses communes.

Comment tante Kharifiyya perdit la foi

Un vendredi matin de l'hiver 2004, au marché des femmes de Nyala, tante Kharifiyya vendait des patates et des oignons disposés sur une toile de jute imbibée d'eau, c'était sa manière à elle de protéger les légumes des rayons brûlants du soleil hivernal. Une femme élancée vint lui demander si elle n'avait pas vu passer deux enfants qu'elle lui décrivit : ils portaient des habits de fête – elle lui montra aussi d'un geste de la main la taille de chacun –, elle détailla la couleur de leur peau, leurs yeux, leurs cheveux, leurs sandales, elle lui dit qu'ils adoraient jouer et qu'ils ne l'écoutaient jamais, sinon comment les janjawids auraient-ils pu les capturer et les emmener avec eux ?

— Tu les as vus ?

Kharifiyya connaissait l'histoire de cette femme et de ses deux enfants, elle la connaissait très bien même, elle en avait entendu plusieurs versions de sources différentes, qui faisaient varier les faits de base comme par exemple le nombre des enfants, le nom de leur village, le moment et le lieu du drame, mais c'était la première fois qu'elle l'entendait personnellement – plus précisément, c'était la première fois qu'elle l'entendait de la bouche de la protagoniste même de l'histoire. Cette femme élancée et triste avalait son repas précipitamment tout en fixant le vide loin devant elle, tante Kharifiyya lui mit un morceau de pain dans les mains, imaginant qu'elle ne voyait rien puisqu'elle ne regardait même pas la nourriture mais la triturait machinalement. Elle mangeait sans appétit, sans le moindre plaisir, elle dévorait le pain de façon dégoûtante, des miettes tombant d'entre ses lèvres. Soudain, elle s'arrêta en criant :

— Grâce à Dieu, je suis repue.

Kharifiyya regarda la nourriture répandue par terre, les deux tiers au moins de ce qu'elle lui avait donné. La femme élancée et maigre se releva, elle fit quelques pas en direction de l'ancien stade sportif, puis elle se pencha, elle appuya les mains sur son ventre, ouvrit grand la bouche, et Kharifiyya entendit le dernier tiers de son repas dégouliner sur le sol. Voici son récit :

Vers la fin de l'été pluvieux de la même année, à peu près tous les hommes du village de Houjayrat al-Wadi s'étaient réunis dans la maison de cheikh Jibril, sous sa grande rakouba. L'affaire était très sérieuse, ils avaient écarté les enfants, mais convié un grand nombre de femmes âgées, car ils savaient qu'en période de crise leur opinion serait peut-être plus judicieuse que celle des hommes, les femmes voyant les choses sous un angle que les hommes négligent souvent – exactement comme les maçons passent parfois à côté d'une belle pierre sans la prendre pour édifier un mur. Les conteurs connaissent des dizaines d'histoires à propos de la sagacité des femmes et la qualité de leur jugement en de telles situations. On commença la réunion par la lecture de la sourate Yassin pour apaiser les cœurs et fixer les idées, puis les hommes demandèrent à Dieu de leur inspirer la bonne mesure à prendre. En fait, l'objet de cette réunion était connu de tous, mais il fallait maintenant trouver un consensus. Le cheikh initia le débat en langue locale, il expliqua l'objet de leur réunion, la discussion tourna longtemps autour de la fiabilité de l'information, mais malheureusement il n'y avait pas de doute sur ce point. Les hommes proposèrent soit de se réfugier dans la montagne, soit d'émigrer tous ensemble et le plus vite possible à Nyala pour rejoindre les déplacés dans le camp de Kilma, tandis que les jeunes et les adultes volontaires rallieraient les rangs des rebelles. Tous se mirent d'accord quasiment dès le début, sauf un homme, qui décida qu'il resterait au village car il refusait d'abandonner ses vaches – il savait très bien que sur la route de Nyala les forces gouvernementales et les janjawids s'en empareraient – et la terre de ses ancêtres aux Arabes étrangers venus du Tchad, du Niger, du Nigeria et du désert mauritanien. Le cheikh le réprimanda : « Ne te comporte pas comme le fils de Noé, il vaut mieux suivre l'avis de la majorité, car ils ne t'épargneront pas, ni toi ni ta famille, tu as vu de tes propres yeux ce dont ils sont capables. »

L'homme répliqua qu'il préférait devenir comme le fils de Noé plutôt que comme l'une des créatures insignifiantes embarquées sur l'arche. Les autres se dirent que ce n'était qu'un artiste à moitié fou, qu'il allait se jeter dans la gueule du loup, que ses flèches et ses deux lances seraient impuissantes contre les armes automatiques des janjawids et de l'armée gouvernementale, d'autant plus qu'ils étaient aussi nombreux qu'assoiffés de sang. Ils lui demandèrent de laisser au moins ses deux fils se rendre au camp, qu'il reste seul avec son instrument de musique et ses armes désuètes, mais ce fut à mon tour de refuser : « Je vivrai ou je mourrai avec le père de mes enfants. »

C'était un chanteur talentueux, un chasseur habile, un grand joueur de rebab – qu'il savait aussi fabriquer – mais surtout c'était un homme courageux. Il salua le départ des villageois par des chansons qu'il improvisa sur-le-champ, depuis la colline qui donnait sur notre maison, au sud du village, là où le sentier des ânes menait à Nyala. Ma mère resta au village elle aussi, c'était une dame avisée, âgée de quatre-vingt-dix ans. Voici ce qu'il chanta dans la langue locale pour faire ses adieux aux villageois :

Partez
Puisque c'est la volonté du gouvernement,
Partez, partez,
Les janjawids prendront votre place,
Puisque c'est la volonté du gouvernement,
Partez, partez,
Quant à moi je resterai à jamais sur mes terres, car c'est là ce que craint le gouvernement,
Et ce dont rêvent mes ancêtres, nuit et jour,
Partez, partez, partez.

La femme continua son récit : « Il savait parfaitement ce qui l'attendait. » Puis elle chanta plusieurs fois cet air, en dansant tristement, pleine de douleur et de grâce, son tob déchiré tomba sur le sol, il ne lui restait plus que sa vieille robe à manches courtes, tachée et pleine de sueur, noire, très noire – une robe pourtant blanche lorsqu'elle l'avait achetée. Les enfants s'étaient regroupés autour d'elle, ils frappaient dans les mains, la plupart avaient même mémorisé la chanson que certains répétaient en la suivant.

Son corps tout entier dansait de colère, on savait bien la suite du récit : en restant, l'homme serait une proie idéale pour les janjawids et les gardes-frontières. Leur arrivée fut d'abord annoncée par un épais nuage de poussière provoqué par le mouvement sec et rapide de leurs bottes noires, puis le vrombissement d'un hélicoptère Apache se fit entendre au-dessus des maisons de terre désertées, la violence du souffle soulevant les hautes herbes. Il lâcha deux bombes au hasard puis il disparut. « Quand nous entendîmes le moteur de leurs voitures, mon mari enduisit la pointe de ses lances de venin de serpent, aiguisa les lames, compta et recompta ses flèches. Il chantait à voix basse un chant de guerre qu'il tenait de son grand-père, touchait de ses doigts les talismans hérités de son père qui le protégeaient des balles et des armes blanches. Les deux enfants étaient terrifiés, ils s'étaient réfugiés sous un abri, tout tremblants. Les janjawids arrivèrent par centaines. Ils occupèrent les premières heures à piller les vaches, les moutons et les objets trop lourds que les gens n'avaient pu emmener avec eux, ils incendièrent les modestes huttes en paille, détruisirent l'unique mosquée du village, mirent le feu à l'école, faite elle aussi de paille et de matériaux locaux, ils se disputèrent la propriété des terres, se menaçant de leurs armes pour protéger leur butin.

Notre maison était située à l'extrémité du village, au pied d'une petite colline sablonneuse, les enfants s'étaient blottis sous un tas de roseaux coupés à l'automne et amassés au pied d'un petit arbre. Nous nous mîmes à effacer leurs traces, ma mère déclara qu'elle ne se cacherait pas, qu'elle resterait sous la rakouba, persuadée que personne ne s'en prendrait à une femme de son âge, de toute façon elle préférait mourir plutôt que de vivre dans l'humiliation. Mon mari emporta son arc et se cacha derrière la colline, quant à moi je me réfugiai de l'autre côté de l'arbre, sous un amas de roseaux séchés, de façon à pouvoir observer tout ce qui se passait. Le village de Houjayrat al-Wadi n'était pas très grand, il ne comportait guère plus de deux cents maisons, il n'y avait pas de centre de santé, d'édifice gouvernemental ou de construction en dur, à part la mosquée en terre rouge construite grâce aux dons d'une riche femme arabe dont les habitants ne se souvenaient ni du nom, ni d'où elle venait. Il n'y avait pas l'électricité, mais le village était bien situé, il y avait même deux puits, et il se trouvait sur la route qui reliait Nyala à Kaas, une petite ville fréquentée par les insurgés du Darfour, hors de portée des janjawids. Mais surtout, ses vallées fertiles, là où se trouvent les principales sources du fleuve Barli, feraient d'excellents pâturages pour les Arabes. Les Darfouriens à qui appartenaient les terres avaient été réinstallés dans de petits villages modèles, faits de constructions en terre rouge surplombées de toits en zinc, avec des puits artésiens, de jolies mosquées aux murs décorés, une petite unité sanitaire et parfois une école primaire. Ces villages avaient été construits avec l'aide de généreux pays arabes "frères" et de la Ligue des États arabes, aux abords des grandes villes où les Darfouriens occupaient des emplois précaires, perdant petit à petit leur identité et leur humanité tandis que les éleveurs janjawids se prélassaient dans leurs fertiles pâturages.

Les janjawids étaient joyeux, ils tiraient en l'air, jusqu'à ce qu'ils arrivent devant notre maison. Le premier à passer sous notre rakouba fut surpris d'y trouver une femme âgée, ma mère, si bien qu'il sursauta de peur. De toute la journée, ils n'avaient pas rencontré âme qui vive dans le village, il lui parla en arabe du Niger, en guise de réponse ma mère maudit dans sa langue à elle ses parents à lui et le moment où il avait vu le jour. Il la tira de sous l'auvent et la traîna par terre, tandis qu'elle l'insultait, le traitant tantôt de singe en raison de son teint rougeâtre, tantôt de chien. Deux hommes le rejoignirent et se mirent aussitôt à la recherche d'un butin à l'intérieur de la maison, le laissant tenter de faire avouer à la maudite vieille où elle cachait son or, sa monnaie ou au moins les semences de céréales destinées à la famille ou au village. Ce fut un dialogue de sourds, la barrière de la langue les empêchant de se comprendre. Il lui donna de violents coups de pied dans le ventre, sans succès, puis il la frappa au visage, tandis qu'elle lui mordait la main, ne desserrant la mâchoire qu'avec un bout de chair entre les dents. Il se mit à hurler et en retour lui tira une balle dans la tête. À ce moment précis, toujours cachée dans les roseaux, je ne pus me contrôler et je laissai échapper un cri. Les deux janjawids sortirent de la maison, un grand nombre d'hommes m'encerclèrent rapidement, faisant des commentaires à propos de mon corps, puis ils m'ordonnèrent d'ôter mes vêtements si je voulais rester en vie et ne pas connaître le même sort que ma mère qui baignait dans son sang. Je leur dis :

— Non, je préfère mourir.

— Ôte tes habits immédiatement, sinon tu vas manger la terre !

— Égorgez-moi.

Ils étaient soûls, drogués, leur haleine sentait l'arag et la marissa, ils me firent comprendre qu'ils allaient me violer, tous, et que si je me débattais ils m'attacheraient à un arbre pour le faire. Ils m'attachèrent donc à un nabag puis, en écartant les roseaux, ils tombèrent sur les deux enfants qui hurlèrent de terreur avant de venir se serrer contre moi. »

En criant « Allahu akbar », l'un des janjawids sortit un long couteau de son fourreau, il se dirigea vers les deux enfants qui avaient enfoui leur visage contre leur mère, entre ses vêtements déchirés, il s'empara du plus petit, Ahmad, qui avait sept ans à peine, et voulut l'égorger. Sa mère lui dit :

— Tu ne crains donc pas Dieu ?

À quoi il répondit tout en lui arrachant violemment son autre fils des bras :

— Dieu ? Qui est-ce ? Celui qu'on a tué à Wadi Huwar il y a deux semaines ?

Puis il poussa un rire sauvage, avant d'ajouter que s'il ne tuait pas ces deux enfants, ils deviendraient en grandissant des rebelles, comme leur père.

Elle eut l'impression que le sol se dérobait sous ses pieds, elle avait pensé que Dieu aurait balayé le janjawid de la surface de la terre ou bien qu'il l'aurait brûlé vif pour avoir prononcé un tel blasphème, mais non, en un éclair il fit voler la tête de l'enfant au loin en criant « Allahu akbar » comme un hystérique, comme s'il était pris de folie. Il voulut rattraper le deuxième enfant qui s'était enfui à toute vitesse, on lui tira dessus mais il avait déjà disparu. Certains coururent après lui, sans pouvoir le rejoindre, alors ils revinrent s'occuper d'elle, lorsque soudain l'un des janjawids poussa un cri et tomba au sol, la gorge transpercée par une flèche. Les janjawids étaient confus, deux autres s'effondrèrent de la même manière, alors les autres coururent de tous les côtés pour identifier l'origine des tirs, mais ils s'effondraient l'un après l'autre. Affolés, ils se mirent à tirer dans tous les sens, à l'aveuglette, jusqu'à ce que l'un d'entre eux désigne l'origine des tirs : un groupe d'hommes partit en direction de la dune, les autres restèrent sur place pour secourir les blessés et arracher les flèches de leur chair, tandis qu'un d'entre eux commença à arracher les vêtements de la femme en les lacérant avec sa lame. Puis, avec l'aide des autres, il attacha sa jambe droite au nabag et la gauche à un piquet fiché dans le sol, et la viola. Elle criait, elle se débattait, mordant et donnant des coups de poing, le griffant de ses ongles aiguisés, leur crachant au visage. Ensuite, un autre prit sa place, puis un autre encore, lorsque les autres revinrent, au comble de la frustration, l'un d'eux voulut lui tirer dessus, mais son voisin l'en empêcha en disant :

— La mort lui donnerait du répit, laisse-la vivre, elle finira au camp de Kilma entre la vie et la mort, sans mari ni enfants, sans père ni mère, sans village et sans honneur.

Le janjawid sortit de sa besace la tête de son époux, en disant qu'il allait la laisser suspendue à la porte de sa maison jusqu'au jour où il serait vengé, car deux de ses frères venaient d'être tués par des flèches empoisonnées. Il mangea un morceau de chair crue sorti de la même besace, c'était le foie de l'ombaya :

— Je vais tuer des milliers et des milliers d'ombaya.

Puis il fondit en larmes. C'était un homme grand et maigre, son corps était si sec qu'on apercevait ses os sous la chair, comme chez tous les janjawids son haleine putride empestait le poil de chameau, l'alcool de dattes et la marissa – il n'était pas dans leurs habitudes de se brosser les dents car c'était juste bon pour les femmes, à l'opposé de la virilité. Ses cheveux étaient hirsutes, comme les broussailles automnales, ses petits yeux rouges, comme deux morceaux de braise, étaient profondément enfoncés dans leurs orbites, en somme il ressemblait plus à un loup qu'à un humain. Bien qu'il soit arrivé récemment au Darfour, il était très apprécié des chefs des opérations, il était l'un des rares à pouvoir s'asseoir, discuter et même partager de la viande grillée avec le coordinateur gouvernemental des forces des janjawids, un politicien renommé. Il avait une personnalité déconcertante, il était à la fois intelligent et violent. C'étaient là les caractéristiques de ce janjawid, il faisait partie de ceux qui croyaient en la cause, qui poussaient leurs camarades et obéissaient aux ordres, n'hésitant pas à tuer humains et animaux confondus, sans sourciller, sans trembler, sans états d'âme. Et pourtant, il fondait en larmes dès qu'un ami, ou un simple camarade, mourait ou tombait malade. Il souffrait d'une étrange phobie de la mort, les gens percevaient cette contradiction dans sa personnalité sans pouvoir l'expliquer. Pour ses supérieurs, cela ne posait aucun problème, du moment qu'il faisait tout ce qu'on lui demandait. Ils l'avaient affublé d'un sobriquet dont il ne comprenait guère le sens, Abou Dajjana, du nom de l'un des compagnons du prophète – que les prières de Dieu soient sur lui – mais son véritable nom était Jourbinga.

Jourbinga pleura donc longuement, il prit son arme et s'en alla, disparaissant dans le désert. On reviendra plus tard sur Abou Dajjana alias Jourbinga Joulbag. On en reparlera longuement lorsqu'il sera question de la ville de Nyala, près de Wadi Barli, à l'ombre agréable des goyaviers, dans un lieu guère éloigné de la maison de tante Kharifiyya – si du moins il réchappait au piège tendu par le combattant Charon et ses compagnons, Abderahman et Shikiri Toto Kuwa, tandis qu'il mènerait les hordes de janjawids vers le mont Oum Kardous pour s'emparer du Messie du Darfour, ou plutôt du « prophète menteur-menteur » – comme l'appelait Jourbinga dans son dialecte singulier.

Ils la laissèrent attachée, lui crachèrent au visage et abandonnèrent sa maison après avoir pillé tout ce qu'ils pouvaient emporter, y compris les sous-vêtements, les chaussures, la vaisselle, les vieux lits en cuir de vache – ils avaient même arraché la dent en or de sa mère et son petit anneau en argent, son collier de perles qui valait trois sous, sa natte de prière et sa cruche en terre. Le cadavre de son fils décapité gisait non loin d'elle, sa tête gonflée reposait un peu plus loin, elle voulut la toucher, comme pour le consoler ou atténuer sa douleur, elle avait l'impression qu'il n'était pas mort, qu'il était simplement endormi, la tête séparée de son corps au cou ensanglanté. Elle sentait qu'il avait besoin d'elle, tellement besoin d'elle. À sa droite, sa mère était comme enveloppée dans une mort heureuse, son sourire s'élargissant au fur et à mesure que son corps enflait. Le soleil ardent accélérait la décomposition des cadavres alentour, brûlait son corps nu, elle parvenait à peine à chasser les mouches amoncelées sur ses joues et ses yeux, l'image de son fils Mohammed en train de fuir ne la quittait pas un instant. Elle ne savait pas s'ils l'avaient tué ou s'il avait pu leur échapper – mais comment aurait-il pu leur échapper ? Elle imagina des dizaines de scénarios mais tous se terminaient de façon tragique, le désert encerclait les lieux, tandis que l'épaisse forêt autour de la vallée fourmillait de bêtes féroces, et puis son fils ne pourrait échapper aux janjawids à cheval ou aux Land Cruiser de l'armée gouvernementale. Elle le vit planer haut dans les cieux comme un grand corbeau mythique, soudain frappé par un énorme hélicoptère, répandant sa chair et son sang mêlés aux belles plumes noires et au bruit des pales. Les élégantes plumes noires pleuvaient sur elle, recouvrant son corps dénudé et la dérobant aux regards des loups affamés. Elle souffrit le martyre toute la journée, jusqu'à la tombée de la nuit accompagnée de son cortège de spectres et de morts envahissant les lieux, de ses cauchemars terrifiants. Pour la première fois depuis vingt ans elle entendit le cri des loups, son mari avait tué un grand nombre de janjawids, plus de cent pensait-elle, peut-être même qu'il les avait tous éliminés comme il le lui avait confié en rêve. Elle ne savait pas quand elle s'était endormie, si du moins elle avait vraiment dormi, depuis quand elle était morte, si du moins elle l'était.

Très tôt le matin, des Européens et des Africains arrivèrent, comme descendus du ciel ou surgis du néant. Aussi suspicieux que des voleurs, ils travaillaient lentement, systématiquement, mitraillaient avec leurs appareils photo, griffonnaient dans leurs cahiers, passaient des coups de téléphone dans une langue inconnue. Lorsqu'ils l'aperçurent, ils s'attroupèrent autour d'elle comme un groupe de loups, ou d'anges, leurs visages trahissaient la tristesse et la compassion, et la peur aussi, la peur de quelque chose, une chose obscure, plus obscure que la mort. Ils prirent de nombreuses photos, la filmèrent elle et les cadavres autour, parlant toujours dans leur langue étrange, mais ils ne s'approchèrent pas d'elle, comme s'ils craignaient qu'une mine diabolique explose lâchement si l'un d'eux la touchait. Ils travaillaient rapidement comme des voleurs étrangers qui auraient découvert un trésor gardé par un démon endormi ou une ogresse. Ils lui posèrent des questions que lui traduisit un interprète, elle était sur le point de s'évanouir, elle ne voulait pas parler, elle avait l'impression d'avoir affaire à des fantômes rouges, blancs, noirs et verts, elle voulait juste qu'ils la laissent tranquille, qu'ils lui donnent un cachet d'aspirine car elle avait terriblement mal à la tête, comme si elle allait exploser. Elle était exténuée, mais qu'attendaient-ils donc ? « Je veux de l'eau. Savez-vous où est mon fils Mohammed ? » Soudain ils disparurent, la laissant là, comme s'il s'était agi de fantômes ou d'hallucinations. Elle entendit le vrombissement d'un hélicoptère quittant progressivement les lieux. Elle était persuadée de mourir bientôt, elle ne le redoutait pas, au contraire elle l'espérait à chaque seconde, les fantômes de sa mère, de son mari et de ses enfants tournoyaient autour d'elle mais ils ne pouvaient pas chasser les mouches de ses yeux et de sa bouche, pas plus qu'ils ne pouvaient lui verser un peu d'eau, cependant ils parlaient à haute voix, ils criaient même et s'agitaient, avant de disparaître peu à peu, sauf son fils Mohammed qui resta auprès d'elle. Elle ne le voyait plus, mais elle sentait sa présence, elle sentait son haleine, elle percevait même les battements de son cœur comme si on martelait des plaques de métal.

Après une heure environ de délire et de souffrances, les soldats gouvernementaux arrivèrent sur les lieux dans un brouhaha indescriptible, ils la libérèrent aussitôt comme s'ils craignaient quelque chose, ils lui donnèrent de l'eau saumâtre, mais ils ne trouvèrent rien pour cacher sa nudité. Ils étaient aussi gênés que s'ils avaient eux-mêmes été nus sur la voie publique, ils lui demandèrent si elle avait vu des étrangers, des Européens par exemple, ou des Africains, n'importe quels étrangers en fait.

— Des janjawids.

— Oui, nous savons pour les janjawids, mais après leur départ ? Il y a des traces qui montrent que d'autres personnes sont passées par ici, peut-être qu'ils portaient des appareils photo ou quelque chose du genre, qu'ils étaient en uniforme et accompagnés de civils – des collaborateurs locaux – qu'ils parlaient dans une langue étrange que traduisaient des traîtres soudanais, n'as-tu pas entendu ce qu'ils disaient ? As-tu entendu le vrombissement de leur hélicoptère ?

Elle voulait savoir où avait fui son fils Mohammed, avait-il pu s'échapper ou bien l'avaient-ils rattrapé ? Ils avaient cherché dans toutes les maisons encore debout, mais sans trouver de robe, ou même de drap pour cacher sa nudité, alors l'un d'eux proposa de l'achever et de l'enterrer avec les autres cadavres, ainsi ils seraient définitivement débarrassés du problème, mais quelques soldats darfouriens refusèrent cette option. L'un d'entre eux ôta son uniforme et l'en couvrit, ils lui donneraient des vêtements féminins dès qu'ils arriveraient à Nyala.

(Le fils et la grand-mère furent enterrés dans une même tombe, creusée au sommet de la colline de sable à partir de laquelle son mari avait mené la résistance contre nous – il avait tué nos neuf janjawids à l'aide de flèches empoisonnées. Les neufs martyrs furent ensevelis dans une fosse commune après identification et enregistrement des informations de base les concernant. L'équipe de journalistes prit des photos puis, comme d'habitude, nous avons nettoyé la scène du combat de tous les indices susceptibles de causer un doute ou d'attirer l'appétit des prétendus observateurs internationaux mais que nous préférons appeler les chiens des Nations unies, car ils reniflent à la recherche d'indices et lancent des accusations à la légère, ils voudraient un conflit sans victimes, sans déplacés, c'est insensé ! Nous avons mis le feu à la maison et ce qui restait des autres pour que les habitants ne viennent pas se réinstaller et semer le trouble.)

Elle resta à l'hôpital militaire durant deux semaines, dans une sorte de détention politique, jusqu'à ce qu'elle se réveille de la mort. Tous ceux qui l'interrogèrent lui posaient la même question, et elle leur livrait la même réponse dans sa langue, que traduisaient des soldats de la même tribu qu'elle :

— J'étais morte, je n'avais pas conscience de ce qui se passait autour de moi.

(Une fois assurés que la femme à la mémoire défaillante ne présentait aucun danger, nous l'avons libérée et, après lui avoir donné de nouveaux vêtements propres et assez d'argent pour subvenir à ses besoins durant quelques semaines, nous l'avons envoyée au camp de Kilma, cet autre monde où elle oublierait certainement jusqu'à son propre nom. Nous lui avons expliqué le plus clairement possible, dans sa langue, de ne pas parler avec les étrangers si jamais elle se souvenait de quelque chose, nous lui avons dit aussi qu'elle pouvait nous contacter à tout moment si elle avait besoin d'aide.)

Tante Kharifiyya se dit en son for intérieur : N'y a-t-il aucune justice, aucune moralité, aucune humanité, rien, rien du tout…

La femme mince et élancée se parlait à elle-même,

ou alors à un groupe de gens indéterminés, invisibles, tout en s'éloignant de tante Kharifiyya, puis elle se lança dans un nouveau monologue, une nouvelle histoire à propos d'un autre homme et d'une autre femme, tandis que les enfants couraient derrière elle et lui parlaient, livrant parfois des détails de l'histoire à sa place, ils imitaient le son des balles, les dialogues des janjawids et leurs cris tandis qu'ils tombaient sous les flèches, puis les cris de ses enfants et la manière dont Mohammed courut se cacher, ils rejouaient la scène où le janjawid jetait la tête de son fils au loin tout en criant « Allahu akbar », puis ils imitaient ce qu'ils appelaient « la danse du président » sur une musique imaginaire ou au rythme des mouvements de leur bouche et de leurs claquements de langue. Parfois, elle les chassait en leur jetant des pierres, en criant ou en menaçant de les frapper, mais lorsqu'elle était de bonne humeur elle les laissait faire ou même les utilisait comme chœur improvisé ou comme musique de fond pour raconter ses histoires, allant jusqu'à leur distribuer des friandises qu'elle gardait toujours en poche pour les enfants affamés ou sans toit qu'elle croisait sur son chemin.

Personne ne savait, pas même elle d'ailleurs, qu'elle ne retrouverait jamais l'enfant qui avait échappé au massacre, jusqu'au jour où elle rejoignit le cortège de celui que l'on appelait le Messie du Darfour et ses disciples. Là, on n'aurait pas besoin de ses friandises, mais plutôt de sa tendre accolade, peut-être même qu'on n'aurait plus besoin l'un de l'autre, car le fils de l'homme avait déclaré : « La procession va remplacer tout ce qui s'en est allé, mais c'est aussi un trésor pour le futur. »

La maison était vide, depuis que son dernier mari était parti tante Kharifiyya vivait seule, mais elle avait beaucoup pensé à cette fille errante dont on ignorait qui étaient les parents ou à quelle tribu elle appartenait, la « déplacée » comme on l'appelait. N'étaient son nom étrange et son comportement encore plus étrange, elle l'aurait déjà ramenée et gardée auprès d'elle pour briser sa propre solitude, elle l'aurait aidée à faire le ménage, mais peut-être que ces filles abandonnées étaient des voleuses, des prostituées, susceptibles de nuire à sa réputation. Abderahman était différente, elle lui serait très utile, elle deviendrait son amie, sa fille, elle n'en avait jamais entendu que du bien, et puis c'est elle qui lui avait un jour demandé de l'accueillir à la maison pour une nuit, un jour où il était trop tard pour retourner au camp de Kilma. Les gens sont tous différents, il y en a des bons et des moins bons, mais les choses sont rarement comme on le voudrait, et le jour où tante Kharifiyya décida finalement d'amener Abderahman chez elle pour toujours, vint à Nyala celui que les gens appelèrent le Barta-Barta, une créature qui apparaît de jour sous la forme d'un humain, le commun des mortels ne peut le distinguer de ses semblables, sa seule caractéristique étant qu'il passe toute la journée à dormir, mais la nuit, en particulier les nuits de pleine lune, il se métamorphose en un étrange animal doté de six pieds et de mâchoires pareilles à celles d'un loup. Un épais pelage recouvre son corps et il aboie comme un chien, tandis que sa tête ressemble plutôt à celle d'une hyène. Chaque nuit, il dévore une personne, une seule, il n'en reste rien, pas même les os, il lèche jusqu'au sang sur le sol, sans laisser la moindre trace derrière lui. On ne peut le tuer d'un coup de fusil ou à l'arme blanche, tout cela a déjà été tenté mais en vain : il ne craint que les armes en bois, même si elles ne peuvent le tuer elles non plus. Les gens de Nyala commencèrent à avoir peur les uns des autres, en particulier des étrangers qu'ils évitaient farouchement. Les étrangers redoutaient le Barta-Barta autant qu'eux, cependant ils étaient bien obligés de passer la nuit dehors puisque personne ne voulait les héberger, alors ils restaient éveillés jusqu'à l'aube, munis de bâtons taillés spécialement pour chasser le Barta-Barta si d'aventure il se manifestait. Du coup, ils s'endormaient durant la journée, ce qui rendait les gens encore plus suspicieux, les prenant pour de véritables Barta-Barta. Il ne fut donc pas aisé pour tante Kharifiyya d'héberger quelqu'un qui pouvait être un Barta-Barta, qui la dévorerait une fois la nuit tombée, n'eût été cette affaire de monstre, elle aurait déjà emmené Abderahman chez elle depuis longtemps, car elle avait besoin de quelqu'un pour lui tenir compagnie, pour discuter des gens, de la vie. Elle avait la tête remplie d'histoires qu'elle ne voulait ni rabâcher à ses voisines ni mettre sur la place publique.

Plus tard, tante Kharifiyya finit par se faire une raison, elle ne tenta pas de suivre Abderahman car elle savait qu'elle avait choisi de faire la guerre et qu'elle était en route pour le front. Alors elle prit la direction du mont Oum Kardous, où Jésus le fils de l'homme enseignait le Verbe et préparait les gens pour la procession.

Un prophète
à la recherche de ses mécréants

Pour être crédible, un prophète a tout autant besoin de gens qui ne croient pas en son message que de gens qui y croient. À un moment donné, il a même besoin de gens qui lui veulent du mal, voire qui le tuent. Même les faux prophètes recherchent le coup de grâce. Et ce jour tant attendu, il dit aux soldats apeurés, en les fixant dans les yeux :

— Je n'ai besoin de personne, la foi des croyants ne m'aide pas plus que l'impiété des mécréants ne me porte préjudice, car celui qui ne croit pas en moi ne croit pas en lui-même, puisque je suis l'ensemble de la création, et le Créateur n'est rien d'autre non plus. Je suis vous tous, les uns comme les autres.

Certains chuchotèrent, n'y comprenant rien :

— Parle-nous dans une langue que nous comprenons, ou bien laisse-nous te tuer tranquillement et retourner à nos affaires, tu n'es rien d'autre qu'un fanfaron de Darfourien.

Il ajouta avec un grand sourire qui parut encore plus étrange et contradictoire :

— Ce sont mes fidèles qui me posent problème. Mais je m'intéresse davantage à ceux qui ne croient pas en moi. Êtes-vous des mécréants, ou alors des envoyés des mécréants ?

C'était un homme ordinaire, un homme comme tous les autres, comme il en existe des dizaines, vêtu d'une tunique qui fut blanche autrefois mais qui tendait maintenant vers la couleur de la terre sablonneuse, avec des manches courtes, l'arrière était couvert de plis, signe qu'il mettait toujours la même tunique et qu'il s'asseyait fréquemment. En-dessous, il portait un long pantalon en tetron chiffonné en-dessous du genou. Il n'avait ni chapeau, ni turban, pas non plus de lunettes de soleil ni de montre-bracelet, il était complètement chauve comme s'il venait de se faire raser le crâne. Il était noir, avec de grands yeux illuminés de blanc, un regard profond et puissant, les plus courageux qui parvenaient à le regarder dans les yeux en conservaient comme un goût d'eau de mer – l'un des janjawids assura même qu'il avait eu l'impression de se noyer en le regardant. Plus tard, Ibrahim Khidir déclara que si cet homme détenait un quelconque pouvoir de prophétie ou une essence divine, ses yeux en étaient la meilleure preuve, si bien que quiconque le rencontrait croyait en lui d'une manière ou d'une autre. Pour autant, ceux qui ne parvenaient pas à soutenir son regard n'étaient pas forcément ceux qui le connaissaient le moins. Il possédait d'autres secrets. Mais il ne nous revient pas de vous les révéler, pas plus que d'affirmer qu'il s'agit ou non d'un prophète, notre véritable mission consiste à répondre aux questions suivantes : Était-ce un Arabe ou un Darfourien ? Son message était-il au service du pouvoir ? Et si oui, jusqu'à quel point ? Son message était-il au contraire dirigé contre le gouvernement central de Khartoum ? Était-il au service des rebelles et de la population locale, hostile à notre égard ? Ou bien n'était-ce que le pseudo-message d'un charlatan, une dervicherie soufie gélatineuse sortie d'un océan imaginaire, comme le prétendait le jeune chef épris de philosophie ?

Ibrahim Khidir Ibrahim avait été choisi pour mener à bien cette difficile mission, parce qu'on le pensait adepte de l'idéologie républicaine, fondée sur le débat et la raison plutôt que sur le dogme religieux. Or les prophètes sont ouverts au débat, contrairement aux salafistes, alors pourquoi ne pas envoyer Ibrahim, qui pourrait mettre à profit son penchant pour le débat et découvrir la vérité sur cet homme, pour autant qu'une vérité se cache derrière ce prétendu derviche – peut-être était-il fou ou pour le moins atteint de troubles psychiatriques ?

Lorsque les prisonniers s'étaient échappés du camp de Charon, et Ibrahim Khidir avec eux, ils étaient parvenus à franchir la zone minée pour atteindre une large vallée dont ils ignoraient le nom, car tous étaient originaires d'autres régions que le Darfour, ils ne s'étaient retrouvés là que parce qu'ils avaient été enrôlés de force, ou bien parce que la vie leur avait laissé pour seul choix d'embrasser ce métier meurtrier. Ils fuyaient droit devant eux, sans savoir où les menaient les routes qu'ils empruntaient, leur seul objectif étant de toujours garder le cap vers l'est, le soleil dans le dos. Sans boussole, ils ne pouvaient s'aider que du soleil, des ombres et du vent, poussés par leur instinct de survie. Aux abords de ce qui leur sembla être un ancien village, assaillis par la faim et la soif, ils s'aperçurent qu'ils n'avaient emporté ni provisions ni eau. Comme d'habitude, le village était totalement abandonné. Il y avait forcément des sources à proximité, car la plupart des villages sont édifiés près de points d'eau. Mais les sources des villages abandonnés en temps de guerre sont dangereuses, elles peuvent être empoisonnées ou naturellement non potables. Ils étaient vingt et un hommes, tous en bonne santé et déterminés, ils avançaient en silence, seuls s'échappaient parfois quelques murmures à propos de la route à suivre. En réalité, il s'agissait de dix-neuf hommes et deux garçons de seize et dix-sept ans tombés dans le piège du service militaire obligatoire. Ils pénétrèrent dans le village avec précaution, et comme ils n'avaient pas d'armes, même pas d'armes blanches, ils redoublaient d'attention. Ils se mirent en quête d'un point d'eau, Ibrahim Khidir Ibrahim, les deux jeunes et deux hommes d'un côté, et les autres vers l'ouest où des arbres verdoyants pouvaient indiquer la présence d'eau. Ils étaient convenus que les premiers à trouver de l'eau préviendraient les autres en sifflant. C'était la fin de l'après-midi, le vent tiède du nord caressait leurs visages, on n'entendait que le bruissement des feuilles juste avant la pluie. Le vent emportait avec lui l'odeur d'un ancien incendie tandis que les cendres racontaient la tragédie vécue par les hommes morts à cet endroit. Il ne fallut pas longtemps avant que les deux jeunes n'entendent un sifflement. C'était un puits profond et obscur, mais le reflet de la lumière sur la surface liquide et le son agréable produit par un jet de pierre indiquaient la présence d'eau en abondance. La question était de l'atteindre, sans seau, ni récipient, ni corde. Et comment savoir si l'eau était potable ou empoisonnée ?

Le sergent Ali Adam suggéra de récupérer les récipients carbonisés abandonnés dans la cour des maisons en ruines, peut-être en trouverait-on un encore utilisable. Et peut-être même une échelle pour descendre dans le puits. Tandis qu'ils farfouillaient, en petits groupes, ils aperçurent soudain un homme et une femme qui pointaient leurs armes vers eux. Le cri de l'homme leur déchira littéralement les oreilles :

— Pas un geste !

Ils étaient d'âge moyen, la femme portait une robe traditionnelle colorée, la tête nue, elle paraissait en bonne santé. L'homme était mince, petit, avec une barbe hirsute, touffue, et de longues moustaches, il portait une djellaba courte et un chapeau, et une arme automatique que tous avaient immédiatement reconnue, tandis que la femme avait une kalachnikov entre les mains. Ils se tenaient à bonne distance des vingt et un hommes, prêts à faire feu. L'homme leur ordonna de s'asseoir par terre, les mains sur la tête, menaçant de tous les éliminer si l'un d'eux désobéissait.

Il en désigna un parmi eux, à qui il demanda de dire qui ils étaient et ce qu'ils faisaient là, d'où ils venaient et où ils allaient. Ce dernier se leva, c'était un vieux militaire, un homme sage, il expliqua qu'ils étaient des prisonniers échappés du camp de Charon.

— Donc vous êtes des janjawids, des militaires ? intervint la femme.

Il déclara qu'ils n'étaient pas des janjawids, mais des soldats de l'armée régulière, dont des conscrits. Ni l'homme ni la femme ne semblaient comprendre quelle était la différence entre janjawids, soldats de l'armée régulière et conscrits, ou bien ils refusaient de comprendre.

— Vous êtes tous des janjawids, des criminels, vous êtes venus des quatre coins du Soudan pour nous tuer, hurla l'homme, en colère. Y a-t-il quelqu'un du Darfour parmi vous ?

Le vieux militaire répondit, la gorge sèche :

— Non.

— Votre heure est venue ce soir, bande de fils de putes, ajouta la femme. Ô Ange de la mort, à toi de jouer !

Lorsque le premier coup retentit, aucun ne sut lequel d'entre eux avait été touché, ils s'enfuirent dans toutes les directions, tandis que les coups de feu résonnaient derrière eux. Aucun ne saurait qui avait été touché, qui était mort, car ils ne se croiseraient plus jamais.

Ibrahim crut être le seul survivant, il courut à toute vitesse, sans se retourner, poussé par la peur, il traversa de nombreux cours d'eau, une petite forêt, une savane épineuse et des sables sans fin, jusqu'à ce que le bruit des coups de feu s'éteigne complètement, du moins le pensait-il. Le soleil se coucha lentement, envoyant ses rayons sanglants vers la terre, lui rappelant les nombreux massacres dont il avait été le témoin, ici au Darfour mais aussi dans le sud du Soudan, et auxquels il avait échappé. Il se demandait lequel aurait raison de lui finalement. Il poursuivit vers l'est, l'unique direction qui le mènerait à un camp de l'armée soudanaise, à moins que ce ne soit vers un autre village inconnu habité par un spectre armé. Quoi qu'il en soit, il poursuivit de toutes ses forces en direction de son salut, lequel ne viendrait que de l'armée soudanaise. Son teint était semblable à celui des janjawids, de même que ses cheveux crépus et négligés, sa barbe hirsute, on aurait dit un vrai janjawid. Personne n'aurait la patience de voir la beauté et l'amour du prochain qui emplissaient son cœur, personne dans cet enfer n'aurait assez de temps pour écouter son histoire, comment il avait été projeté dans cette guerre sans jamais avoir tiré sur quiconque – il ne savait même pas se servir d'un fusil alors qu'il était dans l'armée depuis dix ans. Il ne savait pas comment se défendre autrement qu'en prenant la fuite. Il marchait d'un pas rapide en direction de l'est, il avait ramassé une branche morte en guise de canne pour faciliter sa marche et repousser les serpents ou toute autre bestiole qu'il croiserait sur son chemin, la terre s'étendait devant lui à perte de vue, comme un désert inhospitalier. Il aperçut au loin un vallon avec quelques arbres verdoyants, les herbes de la dernière saison des pluies s'étalaient partout, d'un brun jaunâtre. Les derniers rayons du soleil tombaient à l'horizon, autour de lui le monde semblait envahi par une ombre pesante, descendant lentement, gluante et délicate comme de l'huile. Il n'arrivait pas à apprécier cette ombre, elle pouvait aussi bien l'aider à se protéger d'ennemis inattendus que receler des surprises encore plus terrifiantes. Curieusement, c'est à ce moment que lui revint en mémoire l'image du professeur Mahmoud Mohammed Taha, avec son beau sourire profond, s'avançant vers la potence. Cette étrange confusion entre l'apogée du malheur et l'apogée de la joie, entre le feu et l'huile qui se côtoient mais ne se mélangent pas, lui redonna le sourire, un courage soudain. La nuit était noire maintenant, la lune n'apparaîtrait pas avant deux heures environ, une petite lumière lointaine qui lui tiendrait compagnie, puis il vit une foule de petites lumières descendre lentement vers lui, à moins que ce ne fût l'inverse, comme le rêveur qui s'approche d'un objectif inconnu. Peut-être était-ce une petite ville, ou alors un village oublié des massacres, en revanche il écarta l'idée d'un camp militaire, car ils sont rarement éclairés. Au fur et à mesure qu'il s'approchait de la source lumineuse, sa peur grandissait, peut-être allait-il croiser une patrouille de gardes gouvernementaux, ou même une patrouille civile, de ceux qui tirent d'abord et ne s'enquièrent qu'ensuite de l'identité de leur victime, si tant est qu'ils en aient la curiosité. Il lui parut donc préférable de passer la nuit à l'écart et de prendre une décision au matin, mais comment pourrait-il dormir dans le désert, avec le ciel pour couverture et le sable pour oreiller ? Un tas d'idées lui passa par la tête, cela faisait des années qu'il n'avait plus eu de contact avec ses proches, ils ne savaient même pas où il était, peut-être qu'ils le croyaient mort, ou tout comme. La dernière lettre qu'il leur avait écrite avait été envoyée via la Croix-Rouge, c'était une très longue lettre, qui aurait été plus longue encore s'il avait eu plus de papier, il aurait pu remplir des milliers et des milliers de pages, mais le personnel de la Croix-Rouge avait autre chose à faire que de s'occuper de sa lettre et d'attendre indéfiniment qu'il ait fini de l'écrire. Il avait l'impression de parler à chacun des membres de sa famille, de sentir leur haleine, de distinguer leur visage et d'entendre leurs conseils. La plume en main, il pouvait sécher les larmes tièdes de sa mère qu'il imaginait si triste : « Je suis dans un camp sécurisé, loin des combats, très bientôt l'accord de paix sera appliqué et les prisonniers échangés, alors je rentrerai aussitôt à Kassala. Il y a assez de vivres ici, nous passons le temps à dormir et à jouer aux cartes, maman, ne t'inquiète pas pour moi. Je voudrais avoir des nouvelles d'Amal, elle est certainement sortie de l'université depuis des années maintenant ? Papa, écris-moi… »

Il avançait vers la source lumineuse, lorsqu'il pensa aux mines anti-personnel, pour le cas où il serait bien dans une zone militaire. Il en avait encore pour une bonne heure, évaluant la distance à une dizaine de kilomètres au moins. Certes l'endroit était dangereux, mais lorsqu'il sursauta en sentant une puce lui courir sur le dos, il réalisa qu'il était à cran, pétri d'angoisse – il avait appris beaucoup de choses au combat, comment vivre avec la crasse, comment garder les mêmes vêtements sans se laver durant des mois, au point qu'ils partaient parfois en lambeaux. Il avait aussi appris l'art de survivre, tel un renard rusé traquant la vie, il avait encore à l'esprit ce moment où on l'avait enrôlé aux abords de la ville de Khartoum, dix années plus tôt. Depuis, il avait passé tout ce temps à transporter des munitions sur son dos, à soigner les blessés grâce à des méthodes apprises in situ, en autodidacte. Il marchait comme un somnambule, avec détermination. Il avait compris une chose importante : la lumière provenait de grands projecteurs posés sur des pylônes, bien ordonnés, il devait y en avoir une vingtaine. Ce n'était pas un aéroport de campagne, mais très certainement un camp des Forces de l'Union africaine, l'AMIS, les seuls à disposer d'une telle quantité d'électricité, et aussi ceux qui craignaient le plus les ténèbres du Darfour.

On ne lui souhaita pas la bienvenue, et on ne lui tira pas non plus dessus, mais on lui demanda de s'éloigner, alors il expliqua qu'il était un prisonnier échappé de l'armée des rebelles de Charon. On lui répondit qu'il n'avait pas de preuves convaincantes, sans d'ailleurs savoir à quoi auraient pu ressembler ces preuves convaincantes, et on lui ordonna à nouveau de s'éloigner, de se rendre au village situé à cinq kilomètres plus à l'ouest, et de se livrer à la police qui s'occuperait de lui.

— Nous n'avons pas de place pour les prisonniers ni pour les fugitifs ni pour qui que ce soit d'autre, nous sommes une force d'observation, nous rédigeons des rapports.

— Comment s'appelle ce village ?

— La police te dira tout ça, elle te donnera toutes les informations dont tu as besoin.

Le traducteur donnait l'impression d'être une machine, rien de plus, mais les traits de son visage ne rassuraient guère Ibrahim Khidir. À cause de sa peau claire et de son épaisse chevelure, n'eût été son accent, quiconque l'aurait pris pour un janjawid – les janjawids parlaient la langue de leur pays, l'arabe du Niger qu'on appelle le dajar, généralement il fallait un interprète pour le faire comprendre aux locuteurs de l'arabe soudanais, Ibrahim Khidir quant à lui parlait l'arabe du centre du Soudan, avec toutefois un accent de l'est du pays.

Ils se tenaient à une certaine distance de lui, les armes dégainées, manifestement effrayés.

— Pars, va au village, c'est tout près d'ici, le poste de police est ouvert vingt-quatre heures sur vingt-quatre.

Il était épuisé, affamé, assoiffé. Les policiers se montrèrent plus cléments, ils lui donnèrent de l'eau et même les maigres restes de leur repas. Ils l'interrogèrent puis le mirent en cellule jusqu'à l'aube, le temps de vérifier ses dires. « Tu peux dormir », lui avaient-ils dit en lui donnant une natte de roseaux et une vieille couverture militaire, ainsi qu'un précieux conseil : « Ne t'avise pas de fuir, ceux qui ont essayé en sont morts. »

Il fit plein de rêves. Il rêva qu'il était finalement sauvé, qu'il était retourné dans sa ville natale de Kassala, auprès de ses parents, de sa sœur et de ses voisins, toute la ville était là pour l'accueillir et saluer son retour, depuis l'entrée de la ville jusqu'à la rue principale. Les enfants, les femmes, les ouvriers, les fonctionnaires, les Beja avec leur épaisse chevelure et leurs jolies vestes noir, bleu et blanc, les soldats réguliers aussi qui se tenaient en rang, précédés par un joueur de cornemuse. Le professeur se tenait sous les branchages d'un énorme neem, un large sourire aux lèvres, un livre dans la main droite. Il portait une djellaba blanche et un beau manteau en total. La ville tout entière était à bord d'une nef géante, comme l'arche de Noé, avec des créatures aussi étranges qu'énormes, une vague l'emportait au loin dans le ciel, elle naviguait lentement comme un bateau en papier confectionné par un enfant de maternelle. Puis des cloches retentirent, d'énormes cloches qui résonnaient dans le monde entier. Le policier avait ouvert la porte de la cellule, accompagné d'un responsable des renseignements militaires. En entendant prononcer son nom, Ibrahim se réveilla, l'homme des renseignements fut pris d'un rire hystérique en redressant Ibrahim de ses deux mains :

— Lève-toi, chien !

C'était son vieil ami Gadoura Ishaq, ils avaient travaillé ensemble à al-Fasher, ils s'étaient même enfuis ensemble de l'Armée de la justice et de l'égalité. Ibrahim l'avait soigné à deux reprises de terribles blessures reçues au combat.

Il expliqua au chef de la région militaire, un jeune colonel, qu'il voulait simplement rentrer auprès des siens, cela faisait dix ans qu'il était dans l'armée, il avait frôlé la mort plus de vingt fois, été fait prisonnier deux fois, deux fantômes avaient failli le tuer la veille, il voulait revoir sa mère et son père, il voulait se marier et avoir des enfants comme tout le monde. « Je ne suis pas un combattant, je ne suis l'ennemi de personne et je ne veux pas devenir un héros », lui dit-il sincèrement. Il n'avait pas de cause à défendre, il ne voulait pas devenir un martyr ou un héros. Comme si sa langue s'était dénouée, il ajouta : « Traite-moi de lâche si tu veux, mais renvoie-moi auprès de ma famille. »

Le chef le comprenait parfaitement, mais il n'avait aucun moyen de l'envoyer à Nyala ou ailleurs, ils étaient pratiquement assiégés, ils étaient ravitaillés par les airs, les avions ne pouvaient même pas atterrir. « Patience, lui dit-il, je suis certain que la région sera bientôt libérée, il y a un accord de paix en vue mené par Dubaï, la Chine et la Russie font pression sur les rebelles et soutiennent le gouvernement. »

Tout cela ne changeait rien pour Ibrahim. Convaincu que les accords de paix ne sont que des trêves visant à préparer des guerres encore plus barbares, il demeurait très inquiet. Il portait des habits neufs et propres, il s'était lavé à plusieurs reprises et avait jeté aux ordures ses anciens oripeaux couverts de puces avant d'y mettre le feu et de les contempler jusqu'à ce qu'ils soient réduits en cendres. Il savait que le chef éprouvait de la compassion pour lui, mais il savait aussi que d'autres guerres se profilaient à l'horizon, des combats qui précéderaient les accords de paix, chaque partie voulant entamer les négociations en position de force, psychologique, morale, matérielle et militaire. Et ainsi imposer son point de vue et remporter la plus grosse part du gâteau. C'était ça la guerre, comme il l'avait appris durant ces dix dernières années. Il songea à s'enfuir, mais pour aller où ?

Puisqu'il ne voulait pas porter d'armes, il fut affecté à l'hôpital de campagne en tant qu'infirmier ou aide-soignant. Un jour un télégramme tomba. Le chef, à l'issue d'une réunion secrète avec les autres chefs, lui annonça qu'il avait été choisi pour une mission urgente : un homme prétendait être un prophète, le Messie, ou bien l'Antéchrist, ou quelque chose du genre, et personne n'était plus qualifié qu'un républicain – Ibrahim, en l'occurrence – pour le contrer.

Croyants et mécréants

Les charpentiers et apprentis charpentiers n'avaient jamais entendu parler de Joseph le charpentier, le fiancé de Marie, fille d'Imran, autrement dit la Vierge Marie, mère de Jésus. Mais tous connaissaient bien maintenant l'homme qui se prétendait prophète. Ils étaient d'ailleurs très surpris par la ressemblance qu'il y avait entre le Messie du Darfour et celui de Nazareth, au moins d'un point de vue familial. Pour certains, c'était peut-être ce qui l'avait poussé à dire qu'il était Jésus en personne, puisque son père n'était autre que leur collègue Joseph, le fils d'Aron, l'un des meilleurs charpentiers de Zalingei. Cela faisait environ un an que Joseph avait disparu, à peu près au moment où son fils avait commencé à se prétendre prophète. On murmurait qu'il était parti avec lui, encouragé par Marie qui soutenait son fils depuis le début. Car par un étrange hasard, la mère de Jésus le fils de Joseph s'appelait Marie, elle appartenait à une famille connue de la ville, son père était le cheikh Imran, un riche propriétaire de bétail dont les origines remontaient à une tribu arabe ayant quitté Médine, dans la péninsule arabique, au premier siècle de l'hégire – certains disaient que c'était pour des raisons politiques. On peut imaginer que cette tribu portait un ancien nom arabe, comme les Bani Nadir. Cet homme faisait aussi du commerce transfrontalier entre le Tchad et le Soudan, passant la plupart de son temps dans le village d'al-Tinah, quant à ses frères, Aron et Moïse, ils avaient émigré à Dar al-Sabah, l'autre nom de Khartoum au centre du pays, et étaient devenus de célèbres marchands du marché libyen, à Omdourman.

Les charpentiers et apprentis charpentiers assistèrent à la discussion exceptionnelle qui se tint entre Ibrahim Khidir Ibrahim et celui qui s'appelait lui-même le Messie, fils de l'homme. Mais avant d'entrer dans ce débat, passons en revue quelques faits concernant Ibrahim Khidir lui-même. D'abord, Ibrahim Khidir n'avait aucun préjugé à propos de cet homme, qu'il fût ou non un menteur, qu'il fût ou non un prophète, cela lui importait peu en réalité. En effet, selon lui chacun avait droit à ses propres croyances, du moment qu'elles n'empiétaient pas sur celles des autres. Or cet homme ne combattait personne, ne convoitait les biens de personne, n'obligeait personne à le croire, au contraire même il recherchait ceux qui ne croyaient pas en lui, en disant :

— Bénis soient ceux qui ne croient pas en moi, ils seront affranchis de la Vérité, et moi je serai affranchi de leur Amour.

En discutant avec cet homme, Ibrahim Khidir Ibrahim avait deux objectifs : remplir la mission qui lui avait été confiée, en tant que soldat en civil, et connaître les idées de cet homme, objectif qui lui était très personnel, car Ibrahim Khidir Ibrahim n'était contre personne. Que cela soit bien clair : il voulait la liberté pour chacun d'entre nous.

Ce vendredi tant attendu, les militaires, les charpentiers, les apprentis charpentiers, tout le monde était là. Les politiciens guettaient le coup de téléphone du commandant qui leur annoncerait la mort et la crucifixion de ce prétendu prophète qui se prenait pour Jésus le fils de Marie. Une belle occasion de rire et de trinquer avec un excellent whisky irlandais, importé spécialement dans le plus grand secret comme il se doit pour de pieux musulmans salafistes obéissant aux principes d'Ibn Taymiyya, mais qui n'étaient en fait que des menteurs hypocrites, opportunistes et immoraux dignes de Raspoutine.

Ils sortirent tous ensemble, ils se rendirent sous la grande rakouba située au centre du village. Il y avait là des gens du Darfour, des Zaghawa, des Massalit ou des Four, et aussi des Arabes des tribus comme les Fallata, les Ta'aysha, des Habbaniyya, des Kouka Bani Hassan, mais en réalité personne ne pouvait les distinguer les uns des autres selon leur tribu, leur couleur de peau ou leurs traits physiques. Ils avaient fini par tellement se ressembler qu'on était bien en peine de distinguer l'homme de ses adeptes, sauf Marie la Bien-Aimée, avec sa robe traditionnelle soudanaise et les tresses qu'elle laissait apparaître. Elle était belle, élégante et pure.

Les charpentiers et apprentis charpentiers avaient terminé de confectionner leurs solides croix qui se dressaient maintenant près de la petite rivière, assoiffées de sang et gardées par les soixante-six soldats. On s'exerçait une dernière fois à mener à bien l'exécution de l'homme et de ses disciples, au cas où ils résisteraient à leur crucifixion, ou si une force inconnue s'immisçait par ruse au dernier moment pour les en empêcher, car la région grouillait de rebelles, de fugitifs et de brigands, et puis les Nations unies et leurs troupes indolentes n'étaient pas loin, et n'hésiteraient pas à faire feu. La rakouba était si vaste qu'elle put les abriter avec des dizaines d'autres personnes, malgré cela il y avait encore assez de place pour une centaine de personnes encore, disons qu'elle abritait quiconque s'y asseyait. Nous ne savons pas si elle s'adaptait dans le temps et dans l'espace comme l'univers, ou bien si elle s'arrêterait là. Certains étaient assis à même le sol au centre de la rakouba, les autres formaient un cercle autour d'eux, assis ou debout, en les fixant du regard. Ils ne savaient pas s'ils devaient y croire ou pas. Ne pas croire en un prophète installé au pied d'une montagne aux confins du Darfour avec ses disciples était certes bien plus facile que d'y croire. Et puis, les gens se demandaient quelle était l'utilité d'un nouveau prophète, les nombreux autres que Dieu avait envoyés durant les siècles précédents ne suffisaient-ils pas ? Qu'est-ce qu'un prophète pouvait encore apporter de nouveau au XXIe siècle ?

Ibrahim Khidir Ibrahim l'interrogea :

— Tu as affirmé un peu plus tôt que tu étais Jésus le Messie en personne, en chair et en os, et pas un imposteur, ni même l'un de ses disciples ou de ses partisans. Prétendrais-tu aussi être le fils de Dieu ?

L'homme afficha un sourire plaisant, il avala une gorgée de sirop de millet, qu'on appelle au Darfour oum jingir, avant de répondre :

— Tu me vois en train de boire de l'oum jingir, est-ce que le fils de Dieu a besoin de boire et de manger, a-t-il faim, va-t-il aux toilettes, boit-il l'eau de source comme le bétail ? Je suis le fils de l'homme. Tu dis que ton père est le maître de maison, mais la paternité divine a-t-elle un quelconque rapport avec celle de ton père ? C'est une métaphore, rien de plus.

Il ajouta en épongeant la sueur de son front :

— De manière générale, nous sommes tous fils de Dieu, cet arbre aussi, le vent, cette fille, un grain de sable, ce brin d'herbe, cet oiseau, vous, ces armées, les charpentiers et les apprentis charpentiers, mes disciples comme mes adversaires, tous sont les fils de Dieu et il est notre Seigneur.

Ibrahim Khidir Ibrahim le questionna encore :

— As-tu ressuscité des morts, as-tu fait voler une plume ?

Ils dialoguaient en arabe du Darfour, celui que les gens comprenaient. L'homme répondit avec une extrême douceur :

— La seule chose que je fais est d'essayer de ne rien créer, je donne une forme aux choses, d'un grain de sable je fais un rocher, d'un morceau de laine je fais un mouton, la seule chose que je fais est de dire « sois », et les choses sont. Chacun d'entre vous en est capable. Je ne sais pas comment cela se produit, mais je peux vous l'enseigner, vous montrer la voie, vous pourriez faire de même si vous le désiriez, le Seigneur est celui qui a créé et qui crée encore, je n'ai pas créé du néant, je n'ai pas créé la plume, je n'ai pas fabriqué les cadavres, ils étaient dans la fosse commune, tués par les janjawids et enterrés par les soldats de l'armée soudanaise. Tout simplement, je connais le mot juste, je peux le dire et le faire entendre aux gens et aux choses, vivantes ou mortes. C'est le Verbe qui fait tout.

Dès que l'homme eut achevé de parler, un vieux charpentier assis non loin de lui se leva et annonça :

— Moi, je crois en toi.

À quoi l'homme sourit. Deux autres charpentiers se levèrent, disant qu'eux aussi croyaient en lui, et l'homme sourit encore. Un jeune soldat dit qu'il croyait en lui, et l'homme sourit. Un janjawid venu avec l'armée dit lui aussi qu'il croyait en lui, et l'homme déclara sans se départir de son sourire affectueux :

— Je te dirai ce que j'ai dit précédemment aux marchands du temple : il est plus facile de faire passer un chameau par le chas d'une aiguille que de faire entrer un janjawid au Royaume de Dieu.

Le chef des opérations ordonna aux autres charpentiers de construire de nouvelles croix, correspondant au nombre des nouveaux adeptes. Chaque fois qu'un nouveau croyant s'annonçait, le chef commandait une nouvelle croix de bois bien lourde, jusqu'à ce que tous les auditeurs ou presque eurent annoncé croire en lui. Les charpentiers qui restaient fabriquèrent d'élégantes croix pour eux-mêmes, ils les portèrent sur leur dos en déclarant leur foi en l'homme. Lorsque le commandant appela depuis Khartoum le chef des opérations, ce dernier lui annonça :

— J'ai besoin d'une croix pour moi-même, une grande et lourde croix.

L'ange de la mort

Ibrahim Khidir Ibrahim ne rejeta pas la prophétie de l'homme, pas plus qu'il n'y crut. S'il rejoignit ses adeptes, ce fut pour en savoir plus, car l'homme était un objet d'étude rare et digne d'intérêt, à ne pas manquer. Les charpentiers et apprentis charpentiers étaient fascinés par l'homme, ils recherchaient la bénédiction de sa parole et ils avaient foi dans les miracles qu'il leur offrait à tout moment. Mais il y a une autre chose à savoir pour bien comprendre la réaction du gouvernement central : que signifiait pour cet homme la guerre en cours au Darfour ? C'est là un point fondamental, car le gouvernement central considérait que la guerre avait porté ses fruits et qu'ils étaient mûrs désormais, puisque son objectif stratégique était de chasser certaines tribus de leurs terres et de les remplacer par d'autres venues des pays voisins. Cet objectif était rempli à 90 %. Et surtout sans que personne n'ait bien compris comment. Or l'un des objectifs secondaires du gouvernement était de faire passer la guerre du Darfour pour un conflit entre deux communautés imaginaires, ceux que l'on appelle les Arabes et ceux que l'on appelle les Zourga, les Noirs, or ces deux communautés n'ayant aucune existence réelle, il n'y avait pas de guerre entre eux. Le gouvernement aurait pu adopter les préceptes du Messie du Darfour s'il avait annoncé qu'il allait combattre les Arabes du Darfour, ou bien les Zourga, ou bien les deux en même temps, ou encore s'il avait eu une opinion claire à propos de la question de l'identité, comme les nombreux autres prétendus messies apparus à Nyala depuis 1921 pour résister au colonialisme britannique. Mais qu'un homme dont la mère était ce que le gouvernement appelait une Zourga et le père un Arabe se prétende prophète, qu'il soit suivi par les deux camps, qu'il déteste les janjawids, et que les soldats, les charpentiers et les apprentis charpentiers se mettent à le suivre, qu'il soit capable de vider une vallée de ses chameaux et de leurs maîtres en prononçant un seul mot, tout cela signifiait qu'il pouvait détruire tous les efforts du gouvernement en un rien de temps. Le gouvernement envoya donc une immense armée contre lui, composée uniquement de janjawids et dont le commandement fut confié à un homme étrange et violent connu sous le nom d'Abou Dajjana.

— Si vous êtes battus, vous mourrez, annonça-t-il à ses hommes. S'ils récupèrent leurs terres, les survivants parmi vous seront renvoyés dans leur pays.

C'était à ces mêmes janjawids qu'il avait dit ces paroles célèbres, à savoir qu'ils n'entreraient jamais au Royaume de Dieu et qu'il serait encore plus facile de faire passer leurs chameaux par le chas d'une aiguille. L'homme mesurait parfaitement la gravité de la situation, et il savait encore mieux quelles seraient les réactions du pouvoir, c'est pourquoi il dit à ses disciples, y compris Ibrahim Khidir :

— Je peux vous garantir la vie éternelle, mais je ne peux vous épargner la mort maintenant.

Il dit aussi à une autre occasion :

— Je nous donnerai à tous le moyen de jouir de la douleur, à vous comme à moi.

Les gens avaient parfaitement compris ce qu'il voulait dire, ils s'attendaient à vivre des événements graves, ils les attendaient avec courage et même délectation, ses paroles les pénétraient par tous les pores, pas seulement par les oreilles. Les hommes, les animaux et même les objets les percevaient. Tous ceux qui l'entendaient n'avaient d'autre choix que d'obéir et de croire, car tout ce qu'il disait était Vérité. Jamais la vérité n'avait été aussi libre, aussi absolue, c'est pourquoi il répétait sans cesse :

— Comme je me languis de ceux qui ne croient pas en moi !

L'homme, c'est-à-dire le Messie, ou le prophète Jésus, le Messie du Darfour – le faux prophète comme l'appelaient les politiciens et les hommes de religion – était un homme simple, d'une famille modeste. Il était l'aîné, sa mère s'appelait Marie, fille d'Imran, et son père s'appelait Joseph, l'un des plus fameux charpentiers de Zalingei. Il ne pouvait dire avec certitude quand il avait ressenti sa qualité de prophète pour la première fois, quand il avait compris qu'il était différent, comme le disait son cousin Yahya – ou Jean, qui fut le premier à se rendre compte que Jésus pouvait faire des choses que les autres étaient incapables de faire, de dire des choses que les enfants de son âge ne comprenaient pas. Mentionnons par exemple ce que Yahya a appelé l'incident de Wadi Barli :

— Wadi Barli est un petit cours d'eau saisonnier près de Nyala. Il prend sa source dans les hauteurs au sud et à l'ouest de la ville, c'est le principal affluent des eaux souterraines de la ville, une véritable source de plaisir et d'attraction pour tous les habitants de

Nyala. En effet c'est là qu'a lieu chaque année une fête spontanée à laquelle participent hommes et femmes, ils viennent s'y baigner tout habillés, la nudité étant mal vue chez nous, et même perçue comme le plus grand des scandales, sauf pour les jeunes garçons, qui ont le droit de se baigner nus. Moi et mon cousin Jésus, nous tentions de profiter des plaisirs de la rivière, comme tous les autres, car le phénomène était rare, il ne durait que quelques heures à chaque saison, avant que les eaux ne soient absorbées par les sables. Nous devions avoir entre douze et quatorze ans, j'avais deux ans de plus que lui – ma mère avait deux ans de moins que la sienne, mais elle s'était mariée avant elle. Ma mère s'appelait Marie Kouya et la sienne, Marie – Kouya signifie « petite » dans la langue des Four, les gens avec lesquels nous avons grandi. Nos mères n'appartenaient pas à la tribu des Four, mais à une tribu d'origine arabe appelée les Kouka Bani Hassan, par contre mon père était Four, tandis que le sien, Joseph le charpentier, était un Massalit. Tandis que nous nous amusions dans la rivière et que nous attrapions toutes sortes de choses que les eaux avaient emportées avec elles depuis les villages en amont, comme des branches arrachées aux forêts, je remarquai que les eaux troubles pleines d'argile se délayaient au point de devenir pures et argentées dès qu'elles approchaient de Jésus, formant un étrange halo de deux mètres de diamètre autour de lui. Il en fut aussi étonné que moi, effrayé même, mais chaque fois qu'il se déplaçait l'étrange halo le suivait, l'eau se purifiait et se calmait, redevenant aussi claire que l'argent. Nous courûmes aussitôt vers la maison qui se trouvait non loin de la rivière, derrière un verger de manguiers tout près de celle de tante Kharifiyya, une femme célèbre dans la région. Encore haletants, les mains tremblantes et la gorge sèche, nous trouvâmes sa mère, Marie, et nous lui racontâmes notre histoire. Elle dit avec le plus grand sérieux, les yeux brillants : « Ne racontez cela à personne, oubliez ça. » Puis elle me prit à l'écart et murmura : « Ne le laisse pas seul, reste toujours près de lui. »

Après cela, Jésus vécut une enfance normale, en apparence du moins, car il entendait des voix, il voyait et ressentait des choses qu'il ne racontait qu'à sa mère, car personne d'autre n'y aurait cru. Il obtenait tout ce dont il avait besoin, s'il pensait à de l'argent, voici que de l'argent apparaissait dans sa paume, s'il pensait à un bon repas, sa pauvre mère le lui apportait aussitôt, s'il jouait avec d'autres enfants il gagnait toujours, même la poussière ne l'atteignait pas, s'il avait été absent lors d'une leçon, il regardait les affiches sur le mur de la classe et il savait tout ce qui avait été dit et même ce qui ne l'avait pas été. La vérité, c'est qu'il bénéficiait de la protection particulière d'une force supérieure, un regard plein d'amour veillait sur lui.

Sa tante, Marie Kouya, dit un jour à son propos : « Jésus est né omniscient, il n'a pas besoin d'aller à l'école. »

Sa mère, Marie, avait très peur pour son fils, elle avait peur de tout et de tous, même de son père, elle lui demandait d'ailleurs de ne pas lui raconter tout ce qui lui arrivait, il ne devait en parler qu'à elle et à Yahya, car elle craignait que Joseph ne prenne peur lui aussi s'il découvrait toutes ces choses surprenantes. Elle avait l'étrange sentiment que l'enfant n'appartenait qu'à elle, que personne d'autre n'avait le droit de se mêler de ses affaires, même pas son père qui pourtant l'aimait d'un amour profond. Elle insistait donc pour qu'il l'accompagne où qu'elle aille, aux fêtes de mariages comme aux cérémonies de deuil, elle l'emmenait avec elle chercher du bois ou travailler dans les champs voisins, à tel point que les autres enfants ne l'appelaient qu'ainsi : Jésus le fils de Marie.

Son cousin Yahya ne fut guère surpris par l'épisode de la baignade, au contraire il observait tous ces événements avec circonspection et il les gravait avec précision dans sa mémoire, car Jésus oublierait peut-être certains des faits étranges qui lui arrivaient tellement ils étaient nombreux. Yahya les répétait ensuite à sa tante, Marie la mère de Jésus, puis ils en faisaient part aussi à Marie Kouya et à Mariouma bint Ishaq, la voisine et l'amie fidèle de Marie la mère de Jésus. Mais les gens de la ville eux-mêmes n'étaient pas dupes, ils avaient remarqué que d'étranges phénomènes se produisaient en présence de Jésus, cependant ils se taisaient, pensant que l'enfant était possédé ou en passe de perdre la raison, après tout ils avaient rencontré des tas de fous dans leur vie, certains parmi leurs proches, d'autres venus des quatre coins du Darfour, la guerre avait produit par centaines des fous errant dans les rues de Nyala, racontant d'étranges récits, certains se prenant pour des prophètes, voire pour le Seigneur, cela n'était donc pas nouveau. Il y avait par exemple l'histoire de ce fou qui s'était rendu chez le gouverneur, déjouant avec une facilité déconcertante la présence de nombreux gardes :

— Au nom de Dieu clément et miséricordieux, lui avait-il déclaré,

Je suis le prophète de Dieu, al-Khidir,
Quant à toi tu es l'Antéchrist,
Ô Ange de la mort, ton tour est venu !

Puis il se mit à étrangler le gouverneur, dont on raconte qu'il laissa échapper quelques fluides désagréables de ses deux orifices avant de parvenir à donner l'alarme. Les gardes se précipitèrent et s'emparèrent de ce fou prétendant être le prophète al-Khidir et qui tentait de tuer le gouverneur, ils le battirent sans pitié, jusqu'à ce qu'il rejoigne la miséricorde de Dieu. Beaucoup de gens s'attendaient à ce que cet étrange garçon, Jésus le fils de Marie, subisse un sort similaire à celui de ce fou.

Les choses se seraient passées calmement si le gouverneur n'avait pas décidé, après ce curieux événement, de mener une nouvelle politique à l'égard des fous qui pullulaient dans la ville. Il ordonna en effet de les rassembler puis de les envoyer dans une section spéciale de la prison de Shala, mais le plus terrible est que leurs proches, lorsqu'ils allèrent à la prison de Shala pour leur rendre visite, ne les y trouvèrent pas, ni là ni ailleurs. Ils réalisèrent que les fous avaient été envoyés dans l'au-delà, ce qui fit régner une forme de terreur dans la ville. Marie décida alors de fuir avec son fils pour se rendre au mont Oum Kardous, à l'est de Nyala, et de s'y terrer, craignant que les hommes du gouverneur ne mettent la main sur son fils et ne l'envoient prématurément dans l'au-delà, comme ils l'avaient fait avec les autres. Joseph le charpentier les rejoignit le jour même, puis ce fut au tour de Yahya, chargé de provisions, qui les visita régulièrement durant les quatre-vingts jours qu'ils passèrent dans la montagne. Ils ne revinrent en ville qu'après que Yahya leur eut raconté un beau matin qu'un fou était parvenu malgré la garde renforcée à pénétrer dans le bureau du gouverneur en lui disant :

— Au nom de Dieu clément et miséricordieux,
Je suis le prophète de Dieu, al-Khidir,
Quant à toi tu es l'Antéchrist,

Ô Ange de la mort, ton tour est venu !

Avant que le gouverneur n'ait eu le temps de laisser échapper à nouveau quelques fluides malodorants par ses deux orifices ou de donner l'alarme, le fou était parvenu à l'étrangler de ses deux mains rugueuses. Après une résistance acharnée pour sauver sa précieuse vie, le gouverneur finit par rendre le dernier souffle et son âme rejoignit le Créateur avec une folle sérénité. Quant au meurtrier, il réussit à s'enfuir, personne ne sut où il s'était réfugié, ou personne ne voulut le dire. Le silence est une forme d'approbation, comme on dit ici au Darfour.

Sur la route du fils de l'homme

Charon, Abderahman et Shikiri Toto Kuwa étaient désormais surnommés par les autorités « le triangle de la mort » ou encore « le trio invincible ». Ils atteignirent le sommet de leur gloire en libérant le village de Dollayah, lieu de naissance de Charon, des griffes des forces gouvernementales et des janjawids qui avaient réduit ses habitants en esclavage, comme cela a déjà été dit.

Plus tard, c'est-à-dire deux mois après que Marie-Madeleine eut quitté le camp de réfugiés pour rejoindre le Messie du Darfour, et un mois après que les janjawids et le gouvernement eurent été chassés de Dollayah, ils barrèrent aussi la route à un imposant convoi militaire mené par un chef janjawid aussi inculte que violent surnommé Abou Dajjana, mais qu'il aurait été plus judicieux d'appeler Houlagou. L'homme n'avait aucune idée de ce que signifiait ce curieux surnom, il préférait de loin son véritable nom, qui était à la fois simple et clair, Jourbinga Joulbag. Abou Dajjana, alias Jourbinga Joulbag, conduisait donc son imposante armée vers le mont Oum Kardous, à l'est de Nyala, et comme il voulait s'attirer toute la gloire de la victoire il avait laissé l'armée régulière à l'arrière-garde, d'autant que les hommes d'Oumbakha, toujours en quête d'un butin, s'étaient désengagés pour une raison évidente : il n'y aurait rien à piller chez ce prétendu prophète, rien à espérer ni de ses adeptes ni de ses opposants. Et puis, il n'y avait pas de marché aux esclaves dans les environs où vendre d'éventuels prisonniers, ils ne participeraient donc pas à cette bataille – « nous vous accompagnerons dans d'autres faits d'armes », dirent-ils sans éprouver la moindre honte de n'être que des pillards.

Charon savait que ce combat ne serait pas une simple partie de plaisir, comme les précédents que ses amis et lui avaient menés, pourtant il ne cachait pas sa joie à l'idée que 80 % des janjawids seraient là, convaincus qu'il ne s'agirait que d'une formalité. C'est qu'ils n'étaient pas tout à fait préparés à mener une âpre bataille contre d'habiles guerriers tels que lui, ils étaient simplement pressés de mettre la main sur le prophète et ses acolytes et de les crucifier sans même avoir à tirer, car ils savaient qu'ils n'avaient pas d'armes, qu'ils ne tuaient pas, qu'ils ne se défendraient d'aucune manière. Ils n'useraient que de vaines paroles, dignes d'une bande de derviches et de dérangés se prenant pour des seigneurs, des prophètes ou des hommes de pouvoir du même acabit.

— Débarrassez-vous d'eux et tout le pays sera à vous.

Le chef des janjawids, Joulbag, ne savait pas que les soldats précédemment envoyés par le gouvernement pour se débarrasser du prophète avaient jeté leurs armes et rejoint ses disciples, car il ne lisait pas les journaux, ne consultait pas Internet, n'écoutait pas non plus la radio parce qu'il n'y comprenait rien, et ses seuls amis – autrement dit ses acolytes – étaient en tous points semblables. Il n'aurait rien appris de la population, qui le détestait, ni des autorités qui l'utilisaient comme une simple machine, or les machines n'ont pas besoin de culture, il leur faut un minimum d'informations, un maximum d'armes et quelques hommes ambitieux. Les autorités savaient aussi que leur machine avait un certain appétit sexuel, qu'elle aimait la terre fertile et herbeuse, comme le Wadi Boulboul, pour y faire paître ses chameaux sacrés. Les gens de Khartoum lui avaient donc promis des terres avec tout ce qu'elles contenaient de femmes, d'eau, d'herbe et d'animaux.

Le féroce Jourbinga était heureux de mener la bataille finale, celle qui le consacrerait roi de la région, il pourrait venir s'y installer avec femmes et enfants, loin de leur terre natale dont ils avaient été chassés. Si les chefs soudanais ne les avaient pas accueillis, ils auraient disparu de la surface de la terre.

Charon et ses complices mirent en place une embuscade aux abords du mont Oum Kardous, dans laquelle Joulbag et ses hommes perdirent la vie. Shikiri Toto Kuwa disait en imitant le rire de Charon qu'ils en parleraient encore avec leurs frères dans l'au-delà.

L'homme dit à ses disciples :

— Le Verbe meurt comme il vit.

Il leur dit aussi :

— Nous défendons la vie, pas la guerre et la mort.

Et encore :

— Celui qui tue sera tué.

Et puis :

— La paix commence dans le cœur, mais le mal aussi commence dans le cœur, il en va de même de l'amour et de la haine, mais la mort est une invention qui croît dans ton âme dès lors que tu la crées pour les autres. N'ayez pas peur de la machine de la mort, elle est destinée à son propre créateur. Ne craignez pas les messagers des ténèbres, ils se dirigent vers leurs propres tombes. La voie qui mène au fils de l'homme est parsemée de brebis autant que de loups.

— Chacun a un rôle à jouer, et il le remplira parfaitement.

Ou :

— Chacun remplira le rôle qui lui est assigné, qu'il le veuille ou non.

Parmi ses autres paroles :

— La guerre est terminée, avant qu'on ne baisse le rideau ceux qui jouaient le rôle des victimes doivent se réveiller de leur mort et de leurs infirmités et saluer les spectateurs, tandis que ceux qui jouaient le rôle des méchants doivent ôter leurs masques terrifiants, faire leur révérence et sourire. La représentation est terminée, que chacun retourne maintenant à la vie réelle et joue son véritable rôle, comme auparavant.

Puis il dit :

— La procession, la procession !

Il leur demanda à plusieurs reprises de se préparer, en ajoutant :

— C'est elle qui nous ouvrira la voie vers la Beauté.

Marie la Bien-Aimée

Maryam Moussa, que le chef Charon avait surnommée Marie-Madeleine, puis plus tard Marie la Bien-Aimée, avait assisté à la violente bataille ayant opposé les forces de Charon à celles du gouvernement. Le gouvernement avait lancé une attaque aérienne et terrestre contre « la ville », comme l'appelaient Charon et ses hommes.

Charon s'était réfugié dans sa forteresse protégée par une chaîne de montagnes et quelques tranchées creusées dans la plaine truffée de mines anti-personnel. Chacun portait un masque pour se prémunir des attaques chimiques qui causaient diarrhées et syncopes prolongées – une arme particulièrement efficace dans des lieux confinés et peu ventilés, comme cet agglomérat de rochers entouré de montagnes où ils se trouvaient. Les batteries anti-aériennes avaient abattu un hélicoptère et un petit avion de combat de type MiG, ce qui suffit pour que le gouvernement décide d'arrêter l'attaque aérienne, se contentant d'une offensive terrestre qui ne lui valut pas la victoire. Charon avait capturé dix soldats du front, entraînant ainsi la retraite des troupes gouvernementales en direction de Zalingei. Comme d'habitude, Charon ne lança pas ses hommes à leur poursuite, préférant les bombarder à coups de Douchka tant qu'ils étaient en vue, causant ainsi de lourdes pertes dans leurs rangs.

C'est de la bouche des prisonniers que Marie la Bien-Aimée apprit qu'un homme prétendant être le Messie, fils de Marie, était apparu dans les environs du mont Oum Kardous, à l'est de Nyala, et que certains hommes l'avaient suivi. Marie décida alors de le rejoindre. Charon, à qui elle en parla, considérait que cette histoire de messie n'était qu'une répétition de ce qui s'était passé en 1921 avec le prophète Jésus de Nyala, ou encore avec les nombreux prétendus prophètes ayant essaimé au Soudan et en Afrique de l'Ouest. Il lui dit que ce n'était sans doute rien d'autre qu'un derviche, un adepte du Mahdi arrivé trop tard, un de ces frustrés égarés qui inventent toutes sortes de superstitions. Personnellement, il ne croyait pas aux prophètes venus après Mohammed – que la paix soit sur lui – pas plus qu'il n'en voyait l'utilité. Ce dont les gens avaient besoin, c'était des armes pour résister aux génocides et à la purification ethnique, pour préserver ce qui restait de leur descendance, avait-il dit avant de laisser échapper un rire effrayant. Elle lui répondit avec franchise :

— Je l'attends depuis longtemps, et je sens que c'est lui, c'est bien lui.

— Que Dieu te vienne en aide, dit-il.

Aucun d'eux n'évoqua l'étrange vision qu'elle avait eue et qu'elle considérait comme son plus grand secret, comme elle lui avait pourtant confié un jour. Abderahman offrit son cheval à Marie, et quelques femmes du camp lui préparèrent des provisions pour le voyage. Charon lui fit un plan très clair de l'itinéraire pour éviter qu'elle ne croise les janjawids ou les forces gouvernementales sur son chemin, il voulut aussi qu'elle soit escortée par deux de ses meilleurs et plus fiables soldats – l'un d'eux n'étant autre que Shikiri Toto Kuwa. Mais Abderahman demanda à l'accompagner jusqu'aux abords de Nyala, car elle se souvenait parfaitement de la route qu'elle avait empruntée quelques mois plus tôt pour se rendre au camp, en compagnie de l'oncle Jumaa Sakin. Charon accepta et l'escorte fut finalement constituée de femmes. Shikiri resta au camp. Marie s'en alla donc en compagnie d'Abderahman, Assia et Nadia, de courageuses guerrières qui avaient déjà livré bien des combats. Assia avait été capturée à deux reprises, mais chaque fois elle avait pu s'échapper et rejoindre le camp. Sa seconde évasion avait fait beaucoup de bruit car elle avait ramené un prisonnier avec elle, en l'occurrence l'homme chargé de la surveiller. Elle aurait pu le tuer, mais elle lui avait laissé la vie pour cette seule raison : c'était l'unique soldat qui ne l'avait pas violée ni même pelotée. Il était issu d'une tribu arabe que le gouvernement avait beaucoup sollicitée durant la guerre, mais il était resté pur et respectueux – elle parlait toujours de lui en ces termes. Assia n'était pas mariée et avait une fille unique, qui allait à l'école primaire à Khartoum où elle résidait avec sa grand-mère.

Quant à Nadia, elle n'avait jamais été capturée et n'avait jamais capturé personne, mais elle avait participé à d'innombrables batailles, elle était plus ancienne qu'Abderahman et Assia, et seule Marie-Madeleine la surpassait au combat. Nadia avait épousé un combattant, elle avait deux enfants qu'elle avait confiés à sa famille, à Nyala, un garçon de huit ans et une fille de dix ans. Nadia disait toujours qu'elle se battait pour eux, pour qu'ils puissent grandir dans un pays débarrassé des janjawids et du racisme.

Marie n'avait jamais été aussi heureuse, elle souriait chaque fois qu'elle se remémorait le secret qu'elle avait partagé avec Charon – quand elle l'avait rejoint, elle avait cru qu'il était le prophète Jésus dont elle avait tant rêvé, le prophète qui sauverait le Darfour des griffes du gouvernement et de ses mercenaires de janjawids, qui lui rendrait sa gloire passée, qui ramènerait la paix et l'amour qui unissaient autrefois les Arabes et les autres habitants du Darfour. Elle avait rêvé qu'un messie darfourien l'exaucerait, mieux que ça, elle en avait eu une vision tout à fait fiable. La famille de Marie appartenait à l'une de ces anciennes tribus arabes arrivées au Darfour après la chute des cités-États d'Andalousie, qui s'allièrent et se mélangèrent avec les Four et les Tounjour, ce qui leur permit de s'installer dans les vallées du Djebel Marra et de se lancer dans l'agriculture, abandonnant ainsi l'élevage des chameaux, troqués contre des vaches, chèvres et autres moutons.

Elle avait beaucoup entendu parler de Charon, de ses victoires contre les janjawids et les forces gouvernementales, on le décrivait comme le héros d'une épopée des temps modernes, mais lorsqu'elle s'installa chez lui et devint plus proche, elle se rendit compte que Charon n'était bon qu'à être un chef de guerre, voire un homme de religion ordinaire, il mélangeait religion, politique, lutte de libération et armes. Il n'avait pas participé aux guerres de l'État soudanais contre les sudistes au siècle précédent, cette saloperie qui avait coûté la vie à deux millions d'hommes, de femmes et d'enfants, comme tant d'autres chefs de l'armée de libération au Darfour, mais il n'était pas loin de ceux qui prônaient le jihad islamique, fût-ce de manière discrète. Outre sa propension à rire et à tendre des pièges à l'ennemi, il considérait l'islam comme l'unique solution aux problèmes du Darfour, le véritable esprit de l'islam et non celui incarné dans le modèle de l'État soudanais ou tout autre modèle existant. Il rêvait d'un régime islamique qui ne serait pas en contradiction avec la Charte internationale des droits de l'homme.

Lorsqu'elles arrivèrent aux abords de Nyala, les femmes firent leurs adieux à Marie. Il lui fallait contourner la ville pour rejoindre le mont Oum Kardous, pour ne pas se faire repérer par les espions qui guettaient les rebelles et l'auraient démasquée sur-le-champ rien qu'en la voyant ou en la reniflant après tout le temps passé au front sans pouvoir se laver. Il faut dire que de manière générale les rebelles accordaient peu d'attention à l'hygiène et aux repas, se consacrant corps et âme au combat. Autant dire qu'ils puaient la charogne.

Lorsqu'elle aperçut l'homme, elle le reconnut aussitôt. Il ne la décevrait pas comme l'avait fait Charon, elle pouvait le lire dans son regard, dans la sérénité qui se dégageait de son visage tout entier, dans le calme et la simplicité de chacun de ses gestes. Il ne riait pas comme Charon, il souriait plutôt, il ne tendait pas d'embuscades, pas plus qu'il ne plantait de mines, il n'avait que son amour à offrir à ses disciples, mais aussi à ses détracteurs comme elle le découvrirait plus tard. Il tentait de capturer les cœurs et les âmes, plutôt que les corps et les miliciens, la seule chose commune aux deux hommes était la haine qu'ils vouaient aux janjawids, cette haine dont elle pouvait sentir le parfum, voir la couleur, entendre les cris. Un jour Charon avait dit d'eux qu'il se demandait s'ils avaient été créés par le Dieu qui avait donné naissance aux fleurs et aux cours d'eau ou s'ils étaient nés dans le laboratoire où étaient conçues les armes nucléaires et bactériologiques. Car les janjawids étaient dépourvus des valeurs humaines les plus élémentaires – sans même parler de grands concepts tels que la tolérance, l'amour et la beauté. Elle fit plus tard le lien avec ces célèbres paroles de l'homme : « Il est plus facile de faire passer un chameau par le chas d'une aiguille que de faire entrer un janjawid au Royaume de Dieu. » Les janjawids étaient une invention moderne, se disait Marie, des machines, pas des humains. Un homme qui prêchait la tolérance et le pardon ne parlerait pas des janjawids ainsi s'ils étaient humains. Oui, les janjawids étaient une création d'un rang inférieur. Un jour le monde comprendrait. « Jamais un janjawid n'entrera au Royaume de Dieu tant qu'un fusil ou un char n'y sera pas entré avant lui. »

Lorsqu'il la vit, il la reconnut aussitôt lui aussi. Il la connaissait depuis que tous deux existaient, il l'appela Marie la Bien-Aimée, et elle Seigneur, fils de l'homme. Ils s'embrassèrent longuement, tendrement, il l'aima comme un homme aime une femme, tous deux étaient des êtres humains, lui un homme, et elle une femme, tous deux étaient fils et fille de l'homme, les disciples, les croyants et les non-croyants savaient bien qu'ils s'aimaient depuis longtemps. Il dit :

— Elle est l'attendue.

Il ajouta :

— Elle est celle qui attend.

Mais aussi :

— Elle est la bien-aimée.

Et encore :

— Cherchez votre Marie à vous, elle vous attend autant que vous-mêmes l'attendez.

Puis il nous dit :

— Le monde ne peut tourner correctement sans elle.

Dès les premiers instants, Marie remplit ses devoirs envers l'homme, quant à lui il laissa tout tomber pour elle. À ce moment-là, il n'y avait que deux hommes autour de lui, plus elle, mais il craignait fort que le nombre de ses adeptes ne croisse comme des sauterelles, il savait que son cœur pourrait gonfler autant que son camp pour tous les accueillir, alors il leur disait :

— Malheur à votre amour pour moi, malheur à mon amour pour vous !

Les gens comprirent plus tard que l'amour et la haine coulent dans les mêmes veines, arrosent les mêmes champs, ils comprirent que celui qui aime est pareil à celui qui hait : l'homme ne peut distinguer le bon du mauvais, il est capable de baiser la main du diable en pensant qu'il s'agit des lèvres de la bien-aimée.

La procession

Jésus n'a jamais prétendu être un prophète, un envoyé divin ou le porteur d'une quelconque mission, même pas un envoyé autoproclamé, comme d'autres avant lui, la seule chose qu'il avait dite le concernant était qu'il était le Messie, Jésus fils de Marie, par ailleurs il nous demandait de l'appeler fils de l'homme. Le problème venait de ses disciples, qui insistaient pour dire qu'il avait été envoyé par une force supérieure, une sorte de puissance divine, ou du moins qu'il était soutenu par Dieu ou envoyé par celui-ci, que l'âme divine avait été insufflée en lui, comme dans ces divagations soufies qui avaient coûté la vie à al-Halladj et à Sohrawardi le martyr, au faki al-Husseini et à tant d'autres. Chacun croyait en lui en fonction de sa propre foi, de sa culture et de son degré d'étonnement face aux miracles successifs qu'il avait accomplis, même s'il nous avait bien dit ceci :

— Les miracles ne font pas un prophète. Ils ne sont la preuve de rien, sinon, tout au plus, de l'humanité de celui qui les accomplit.

Il avait dit aussi :

— Celui qui croit en moi à travers mes prodiges ne croit qu'à ces prodiges. Celui qui croit en mes prodiges ne croit en moi que le temps d'un clin d'œil.

Et encore :

— La vérité n'a pas besoin de preuves, seul le mensonge a besoin de renfort.

Mais aussi :

— Le mensonge est le plus bas degré de la sincérité, tout comme l'égarement réside dans les tréfonds de la vérité.

Et même :

— Le mal ne s'est jamais manifesté au monde dans sa totalité, sauf dans le cas des janjawids : ils sont le mal incarné.

Ou :

— Les janjawids ne sont pas une tribu, ni même une ethnie, car l'homme naît bon, ce n'est que plus tard qu'il a le choix entre devenir un être humain ou un janjawid.

Il avait ajouté un jour :

— Celui qui te hait t'épargne les maux de l'amour.

Et aussi :

— Celui qui ne croit pas en moi est pareil à celui qui croit, celui qui m'ignore me connaît mieux, je suis entre la fleur et le dragon ailé : je vole beaucoup et j'ai un peu de nectar.

Il nous avait même affirmé :

— Si l'on vous tue maintenant, cela ne veut pas dire que vous ne vivrez pas à jamais.

Il avait ajouté que l'éternité n'existait que dans sa propre imagination, d'ailleurs il avait annoncé :

— Vous et moi n'existons qu'en imagination.

Enfin, il nous avait confié ceci :

— Ma force réside dans le Verbe, et votre force aussi réside dans le Verbe. La force du Verbe réside dans son énonciation, dans sa perception par l'ouïe, elle perce les barrières de la matière et de l'âme, elle se réalise dans le sens du Verbe et dans la parole de l'énonciateur. Le silence est préférable au Verbe dépourvu de bonnes intentions, le silence est audible parfois.

Lorsque s'étaient envolées les nombreuses poules – les seules créatures à s'être réveillées de leur mort en ce vendredi où il avait ressuscité quarante hommes, une femme et un enfant –, il nous demanda d'aller nous coucher.

La grotte était très petite autrefois, mais elle s'élargissait au fur et à mesure que des gens y entraient, à l'époque il avait quinze croyants et une croyante auprès de lui, maintenant il y avait aussi soixante-six soldats réguliers et leur chef, Ibrahim Khidir Ibrahim, cent quatre charpentiers et apprentis charpentiers, et des millions d'hommes et de femmes venus des quatre coins du monde. Tous ne pouvaient le voir ou le rencontrer, mais pour avoir foi en lui, il suffisait de l'écouter. Les idées de l'homme venaient de la nature elle-même, c'était la vérité enfouie dans chaque humain, dans chaque créature. Croire en lui équivalait à ne pas croire en lui, disait-il, ce n'était que deux degrés différents de l'amour, et puis même celui qui l'ignorait totalement pouvait croire en lui.

À quelques-uns qui s'étaient plaints de l'obscurité de l'endroit, il avait répondu :

— Ne vous plaignez pas de l'obscurité, faites briller votre lumière.

Ce fut la première leçon à propos du Verbe, qui s'était fait lumière. Le Verbe prononcé par l'un d'entre nous, ou par plusieurs en même temps, mais pas par lui en tout cas. Ses disciples apprenaient bien des choses de lui, mais très lentement. Ce jour-là, les trois Marie arrivèrent ensemble : sa mère, sa tante qui était aussi la mère de Yahya, et l'autre Marie, leur voisine qu'ils surnommaient Mariouma – le diminutif de Marie en arabe. Elles étaient en compagnie de Joseph le charpentier ainsi que d'une foule de gens venus de Nyala, parmi lesquels il y avait la tante Kharifiyya et l'oncle Jumaa Sakin en personne, de même qu'une folle à la recherche de ses enfants tués par les janjawids – elle pensait les trouver ici. Il y avait des enfants des deux sexes, des hommes et des femmes, mais Yahya n'était pas là, sa mère disait qu'il errait depuis des mois dans la steppe, il s'était laissé pousser la barbe, se nourrissant de criquets et de miel, coexistant avec les créatures du désert.

Il faut préciser aussi que les quelque quarante personnes ressuscitées dormaient encore chez elles où elles étaient rentrées en vacillant comme des ivrognes, tandis que la chair repoussait sur leurs os, lesquels avaient eux-mêmes repris leur forme et leur position initiales. Les membres coupés par les janjawids avaient repoussé, de même que leurs entrailles déchirées, les femmes violées avaient retrouvé leur virginité, les enfants le réconfort et la chaleur familiale. Il annonça qu'ils dormiraient durant une période équivalente à leur mort passée, avant de se réveiller pour revivre enfin exactement comme nous. Puis il parla de la procession :

— Préparez-vous pour la procession.

Aucun d'entre nous ne savait de quoi il s'agissait, mais tous étaient prêts.

Il ajouta :

— Quelle est la distance qui sépare la vie de la mort ?

Et encore :

— Quelle est la distance qui sépare le vivant du

mort ?

Et aussi :

— Le mort est-il mort ?

Puis :

— Le Verbe, c'est être conscient de la réalité et la vivre sans s'en séparer. Il faut travailler pour les vivants et pour les choses. Nous ne sommes que ce que nous faisons pour ces deux catégories, faites confiance à l'être qui est en vous, faites-lui pleinement confiance, abandonnez-vous à lui, c'est là qu'il doit être, il est son réceptacle unique et éternel, ne croyez pas celui qui vous dit : « Ne placez pas tous vos œufs dans le même panier. » Moi, je vous dis au contraire de tous les mettre dans le panier de l'humanité, ainsi vous gagnerez la Beauté.

Il ajouta :

— La procession, la procession !

Il me dit à moi :

— Ibrahim, ne crois pas en moi avec ta raison, ni avec ton cœur, tes pensées, la nuit ou le jour, acceptemoi avec ta mère comme moi je vous accepte tous avec ma mère, Marie.

Puis à nous tous :

— Soyez fin prêts pour la procession.

Aucun de nous ne savait en quoi consistait la préparation de la procession, néanmoins nous la préparâmes parfaitement. Lui regardait, il savait et il souriait, et lorsque les gens furent fatigués ils se couchèrent, ils se couchèrent dans cet espace confiné qui put tous les accueillir et qui s'adapta à eux. Les enfants trouvèrent du lait à boire pour le repas, les jolies croyantes trouvèrent tout ce dont elles avaient besoin à ce moment précis, les hommes eurent l'impression que ce lieu avait été conçu spécialement pour eux,

Jésus le fils de Marie était là, mêlé aux autres, il leur ressemblait, il connaissait chacun par son prénom, de même que le nom du père et de la mère de chacun. Marie la Bien-Aimée le suivait partout, veillant à son confort, il l'appelait « Ma chère Marie », et elle lui répondait par : « Mon maître, fils de l'homme. »

Le plus étrange fut que durant leur sommeil, ils firent tous le même rêve, un rêve vaste et imposant : la grande procession sortait de la grotte, avec à sa tête les trois Marie et les nombreuses femmes venues de Nyala, de Kaas et de Zalingei, toutes des croyantes bien sûr dont la sincérité qui habitait leur cœur illuminait le passage du cortège. Puis venait le seigneur Jésus, le fils de l'homme, le fils de Marie. Chacun portait sa croix, une très lourde croix, dont le poids augmentait encore à chaque fois qu'elle touchait celui qui le portait, exténué. Il leur dit :

— Prenez vos croix et suivez-moi, celui qui ne peut pas soulever sa croix ne pourra pas non plus voler, il ne trouvera pas le Verbe. Plus votre croix pèsera, plus votre corps deviendra léger comme une plume portée par les airs.

Puis il nous dit avec gaieté :

— La procession, la procession !

Et tous répondaient en chœur :

— Le cortège, la procession !

Ils voulaient pouvoir voler, ils le voulaient avec force, amour et conscience, les croix étaient tellement lourdes qu'on aurait dit qu'elles étaient faites de métal, elles ne cessaient de s'alourdir, ils marchaient avec leurs croix sur le dos, leur contact avec la peau les écorchait, leur poids brisait leurs pauvres os. Ils trébuchaient, leurs ventres gargouillaient, leurs têtes tournaient, leurs yeux rougissaient, leurs poitrines saignaient, mais leurs cœurs eux verdissaient, des feuilles y poussaient puis des fruits apparaissaient, comme dans les jardins bénis d'Éden, peuplés d'âmes et de jasmin.

Il leur dit :

— À chacun sa croix, c'est votre responsabilité à tous.

La procession qui avait quitté la grotte s'enfonçait maintenant partout, traversant les terres désertiques et les steppes, les forêts et les vallées verdoyantes. Lorsqu'elle passait par les villages incendiés, les maisons renaissaient de leurs cendres, les puits empoisonnés retrouvaient leur eau potable, les arbres arrachés repoussaient, la vaisselle brisée se recomposait, les troupeaux, les oiseaux, les lapins sauvages, les loups, les écoles, les jardins, les mosquées, les rues, les nuages, tout redevenait comme avant. Les morts ressuscitaient du tombeau, quant à ceux qui n'avaient pas reçu de sépulture, ils secouaient la poussière et les herbes qui les recouvraient et ils se relevaient. Il portait sa croix, suivi par la procession, ils ne savaient où celle-ci les menait, mais ils savaient qu'elle se dirigeait vers un lieu parfait, voire vers la Beauté. Malgré le poids des croix, ils avaient l'impression de voler, ils planaient là-haut dans le ciel, pareil au giron infini d'une mère qui les étreignait en souriant.

Khashm al-Girba – Khartoum, 2008-2012.

TABLE

ABDELAZIZ BARAKA SAKIN

Les Jango

Roman traduit de l'arabe (Soudan)
par Xavier Luffin

Les Jango sont décidément impayables. On les reconnaît à leur élégance tape-à-l'œil et à leur sens de la fête. Et ce sont les femmes qui mènent la danse, dans la Maison de la Mère, au cœur de toutes les rumeurs.

Les histoires les plus folles courent d'ailleurs sur Safia, élevée au lait de hyène, Alam Gishi l'Éthiopienne experte en amour, ou l'inénarrable Wad Amouna. Lorsque soudain souffle le vent de la révolte…

Dans les effluves de café grillé, de chicha parfumée et de gomme arabique, se joue une comédie humaine dont les Jango, « sages à la saison sèche et fous à la saison des pluies » sont les héros.

« Une ode splendide. » *Le Monde des Livres*

« Le grand écrivain soudanais Abdelaziz Baraka Sakin signe un roman impressionnant de verve et de force politique. »

Transfuge

PRIX DE LA LITTÉRATURE ARABE 2020

BOUBACAR BORIS DIOP

Murambi, le livre des ossements

Roman

Construit comme une enquête, avec une extraordinaire lucidité, le roman de Boubacar Boris Diop nous éclaire sur l'ultime génocide du XXᵉ siècle. Avant, pendant et après, ses personnages se croisent et se racontent. Jessica, la miraculée qui sait et répond du fond de son engagement de résistante ; Faustin Gasana, membre des milices du Hutu Power ; le lumineux Siméon Habineza et son frère, le docteur Karekezi ; le colonel Perrin, officier de l'armée française ; Cornelius enfin qui, de retour au Rwanda après de longues années d'exil, plonge aux racines d'une histoire personnelle tragiquement liée à celle de son peuple.

« Ce roman est un miracle. »

Toni Morrison

NII AYIKWEI PARKES

Notre quelque part

Roman traduit de l'anglais (Ghana)
par Sika Fakambi

C'est Yao Poku, vieux chasseur à l'ironie décapante et grand amateur de vin de palme, qui nous parle. Un jour récent, une jeune femme de passage au village aperçoit un magnifique oiseau à tête bleue et le poursuit jusque dans la case d'un certain Kofi Atta. Ce qu'elle y découvre entraîne l'arrivée tonitruante de la police criminelle d'Accra, et bientôt celle de Kayo, jeune médecin légiste tout juste rentré d'Angleterre. Renouant avec ses racines, ce *quelque part* longtemps refoulé, Kayo se met peu à peu à l'écoute de Yao Poku et de ses légendes étrangement éclairantes…

« Jonglant avec les codes du polar à l'anglo-saxonne et du conte traditionnel, le jeune romancier poète confronte remarquablement les cultures africaine et occidentale, urbaine et villageoise. »

L'Express

A. IGONI BARRETT

Love is Power, ou quelque chose comme ça

Nouvelles traduites de l'anglais (Nigeria)
par Sika Fakambi

Quand le sexe est une arme ou une monnaie d'échange, le pouvoir nourri de corruption et de violence, quand ce qui peut arriver de pire arrive parfois pour le meilleur… Ces neuf nouvelles brûlantes nous plongent dans une exploration démultipliée, fulgurante, désarmante, d'un Lagos ultra-contemporain.

Avec *Love is Power, ou quelque chose comme ça*, le tour de force d'A. Igoni Barrett tient autant à l'étude de mœurs façon Raymond Carver qu'à ses modulations, son sens du détail, son rythme très particulier, volontiers brut, offerts avec une empathie lumineuse.

« Un recueil de nouvelles unanimement loué par la critique anglo-saxonne… Servie par une écriture nerveuse et moderne, cette peinture délicate de tragédies intimes évoque Raymond Carver aussi bien qu'Alice Munro. »

Le Monde des Livres

SADEQ HEDÂYAT

Trois gouttes de sang

Nouvelles traduites du persan
par Gilbert Lazard et Farrokh Gaffary

Chez Sadeq Hedâyat, trois gouttes de sang au fond d'un jardin nourrissent amplement la folie d'un homme, une mission archéologique suit pas à pas la recette de sorcellerie découverte au creux d'un sarcophage, une jeune fille simple se découvre masochiste dans le mariage, et un fidèle perroquet vaudrait presque tous les serments d'amour.

Dans ce recueil empli d'échos, les chants de l'enfance tournent en boucle comme des obsessions, les arbres ont forme humaine au crépuscule et les ombres des hommes sont bien plus libres que leurs pas – *Trois gouttes de sang*, comme mille et une nuits cauchemardesques et grinçantes, extraordinaires, cruelles, magnifiques.

« Dix petites merveilles lucides et amères. »
Le Monde des Livres

ANTONYTHASAN JESUTHASAN

Friday et Friday

Nouvelles traduites du tamoul (Sri Lanka)
par Faustine Imbert-Vier, Élisabeth Sethupathy,
et Farhaan Wahab

Une enfance à Allaipiddy, au nord de Sri Lanka, la guérilla tamoule, l'errance, l'exil en France… Autant de motifs et de personnages qui habitent l'œuvre d'Antonythasan Jesuthasan : Diana la Ronde, pétrifiée par le bruit des bombes, qui remue ciel et terre pour obtenir son abri ; Pratheeban, le demandeur d'asile, floué pour une poignée de kilomètres ; Layla, la petite dame du numéro 7, que son nom de code – Oiseau jaune – finit par trahir, ou encore le chevalier de Kandi, condamné à devenir un coq en pâte aux frais du Comité central.

À travers tous ces portraits, c'est aussi celui du narrateur qui se dessine, tout en humour et en finesse – le roman d'une vie, le miroir d'une âme et d'un peuple qui sait que c'est parfois *en perdant de vue le rivage que le cœur se remet à flot.*

« Une voix rare et précieuse. » *Lire*

BARZOU ABDOURAZZOQOV

Huit monologues de femmes

Traduit du russe (Tadjikistan)
par Stéphane A. Dudoignon

« Creusez-vous un peu la tête, un peu de fantaisie que diable, rajustez-vous. Et n'ayez peur de rien. Croyez en vous. Vous conquerrez le monde. Et alors on verra qui aura la peau de qui… »

Huit femmes entrent en scène. Avec beaucoup de verve et d'humour, malgré la vie qui ne les a pas ménagées. Elles viennent tour à tour raconter leur histoire – et se donner en exemple plus qu'en spectacle. Car elles n'ont, à vrai dire, rien perdu de cet espoir qui, entre accès de rage et jubilation, leur prête une liberté de ton au pouvoir salvateur.

« Hyperréalistes, ces quelques portraits de femmes tadjikes sont à lire absolument. »

Muze

Couverture créée par David Pearson ¶ Texte composé et mis en page par les Ateliers Graphiques de l'Ardoisière à Bègles ¶ Reproduit et achevé d'imprimer en décembre 2025 par Normandie Roto Impression s.a.s. à Lonrai pour le compte des éditions Zulma à Veules-les-Roses ¶ ISBN : 979-10-387-0027-7 ¶ ISSN : 2267-1803 ¶ Dépôt légal : mars 2021 ¶ N° d'imprimeur : 2505766 ¶ Imprimé en France ¶